ベリーズ文庫

もふもふ魔獣と平穏に暮らしたいので
コワモテ公爵の求婚はお断りです

晴日青

STARTS
スターツ出版株式会社

目次

もふもふ魔獣と平穏に暮らしたいのでコワモテ公爵の求婚はお断りです

会った瞬間、即求婚！……10
名もなき少女の話……17
手が早いわりではないようです……36
恋愛不器用すぎるふたり……111
〝聖女〟……157
この気持ちを恋と呼ぶのなら……169
聖女の断罪と魔女の活躍……227
あなたのいない世界に色はない……256
また、約束してください……293
ここにいる奇跡を抱きしめて……325

その後のふたり……343

特別書き下ろし番外編
新しい明日へ……354

あとがき……364

一途な騎士団長
グランツ
リンデン王国の公爵であり最強の騎士団長。討伐対象のシエルに一目惚れし、即結婚を申し込むが撃沈。諦めず地道に距離を縮めていく。社交界では紳士と名高いが、天然なシエルに恋心を翻弄され、日々理性を保つのに必死
かわいすぎる…結婚したい
どうぞお帰りください
真っ黒子魔獣
ミュン
シエルが召喚した魔獣・イルシャの娘で、遊びたい盛りの甘えん坊。一見ただの子犬に見えるが…？
膨大な魔力持ち
シエル
長年ラベーラ王女の「影」として仕えてきた少女。不遇な生い立ちゆえ名前すら持たなかったが、グランツにシエルという名を贈られ愛されるうちに心を取り戻していく。恋愛知識ゼロのため無自覚にグランツを煽ってしまう

もふもふ魔獣と平穏に暮らしたいので コワモテ公爵の求婚はお断りです

Character Introduction

ニセ聖女 ラベーラ

セニルース王国の王女で聖女としても活躍するが、その実績はすべてシエルの魔法によるもの。魔獣を召喚した責任をシエルに負わせ、リンデン王国との境にある煤の森へ追放する

策士な王太子 アルド

ラベーラ王女と婚約中のリンデン王国王太子。王子様らしい完璧な見た目に反し、性格は腹黒く軽薄。グランツとは幼なじみで、カタブツな彼をからかって遊ぶのが趣味

謎の多い魔獣 イルシャ

シエルが召喚した謎の獣。背に人を乗せられるほど大きく真っ黒な見た目から、人々に魔獣として恐れられる。追放されたシエルとともに森で暮らし、彼女によく懐いている

もふもふ魔獣と平穏に暮らしたいので
コワモテ公爵の求婚はお断りです

会った瞬間、即求婚！

「私と結婚してほしい」

名もなき〝魔女〟は、目の前で突然膝をついた騎士を見て目をぱちくりさせた。

彼女が住んでいるのは、人が寄りつかない〝煤《すす》の森《もり》〟だ。恐ろしい魔獣や野生の獣がうろつき、うっそうと茂った木々のせいで昼間なのにうっすらと暗い。得体の知れない鳴き声がそこかしこから聞こえ、恐怖を植えつける。

そんな場所に人間が訪れることなど、これまではなかったし、これからもないはずだったのだ。

それなのに彼女は今、黒に赤い鷹の紋章が装飾された、立派な鎧《よろい》に身を包んだ男と相対している。

(この人はなにを言っているのだろう……？)

他人と最後に接してから久しいために、彼女の表情はあまり動かない。

しかし内心では、激しい動揺と混乱が渦巻いている。

無表情にしか見えず、これといった反応をしない様子に焦《じ》れたのか、騎士は彼女を見上げて再度乞うた。

「返事を聞かせてもらえないだろうか。どうか、私の妻になってほしい」

（求婚は聞き間違いじゃなかったみたい？）

彼女がそう思ったのも束《つか》の間《ま》、意識の外に追いやられていた男の同行者たちが、ようやく自分を取り戻したように声をあげる。

「ちょっ、団長⁉　いきなりなに言ってるんですか⁉」

「聞き間違いですよね！　そうですよね！　まさか〝煤の森の魔女〟に求婚なんて、正気を失ってでもいない限りありえな――」

「悪いが、俺は至って正気だ」

団長と呼ばれた彼は、自身の背後に控えた十数人の騎士たちをたったひと言で黙らせた。

ずいぶんと立派な身なりの男である。

魔女と呼ばれ、小さな家と呼んでも差し支えない巨木のうろに住む彼女とは、明らかに生きている世界が違うように見えた。

堂々とした長身の横には、額に白い星が入った見事な黒鹿毛《くろかげ》の馬。艶めく身体《からだ》は馬でありながら近寄りがたい気品を感じさせる。

彼女に求婚した男は、美しく逞《たくま》しい馬の乗り手にふさわしい高潔な騎士に見えた。黒に近い短髪が、煤の森に差し込むわずかな光を受けて深い青色を弾いている。すっきりした印象を受けるが、襟足は長い。

きりりと引き上げられた眉に、切れ長の目。柘榴石《ざくろいし》に似た深紅の瞳は、彼の装備のせいか、血を想起させて恐ろしい。男の使い古された鎧から、戦場を駆ける彼を想像するのは難しくなかったし、鎧の上から身体を包む暗紫の外套《マント》も、星の光も届かない夜を思わせて言いようのない不安を煽る。

だが、彼女を見つめる彼の表情は緊張していて、妙に優しげだ。だからか、魔女は恐ろしいのに怖いとまでは思わないという、一見矛盾したような奇妙な感情を抱く。

それもあって彼女は、男の赤い瞳に映る自分のみすぼらしさを恥ずかしく思い、目を伏せた。

年頃の娘だというのに香油も使わず、腰まで流しただけの髪は、暖炉の灰をかぶせたような鼠色《ねずみいろ》。雑草のほうがまだ手に心地よいのではないかと思われるほど、艶がなくぱさついている。満足とは言いがたい食生活のせいで同年代の娘よりもかなり細い上、肌は青白く生気がない。

輝きのない蒼氷の瞳は、騎士の血色の瞳を受け止めきれず、彼の馬を映していた。

なにか言える空気ではなくなったが、意を決した様子でひとりの騎士が一歩踏み出し、口を開く。

「団長、わかってますよね？　我々がどうして隣国から煤の森まで遠征に来たのか」

彼はそう言うと、彼女に向かってきつい視線を投げかけた。

「俺たちは煤の森の魔女を討伐しにやって来たんですよ！　なのにあんた、求婚するなんてなに考えてるんだ！　血を浴びすぎてついにおかしくなったか⁉」

とうとう敬語も忘れ、男は叫んだ。その後ろでは、先ほど言葉を封じられた騎士たちが大きくうなずいている。

だが、非難されている張本人はまったくこたえた様子がない。

それどころか、魔女と呼ばれた彼女を守るように背に隠した。

「俺が結婚相手を見つけたら祝福すると、さんざん言っていたのはなんだったんだ」

「相手によるだろ！　ちょっとは考えろ！」

そうだそうだと騎士たちが賛同する。

勝手に話が進む中、彼女はそろりと後ずさり、男の背から離れた位置へ移動した。

「あの……」

人と話すのは本当に久しぶりで、緊張のせいか声がかすれてしまう。

「せ……せっかくのお申し出ですが」

自身を討伐しに来たらしいという騎士に向かって言うのは、かなり勇気が必要だった。

「お断りさせていただけないでしょうか……？」

彼女にはそれを言うのが精いっぱいだった。

理由ならいくらでも頭の中に浮かんでいる。

（初対面の方と結婚なんて考えられないわ。どんな方かも知らないし、急に求婚されても……。この方の狙いはなに？　結婚で油断させてから討伐するとか？　でもこんな強そうな……恐ろしそうな人が、そんな手間をかけるかしら？）

自然と彼女の視線は騎士の腰の剣に向いていた。

彼がその気になれば、彼女の首はたったひと振りで自身の身体に別れを告げるだろう。

「あ、あと、できれば討伐もしないでいただきたいです」

命を奪われる恐怖を感じ、無駄かもしれないと思いながら付け加える。

騎士は目を丸くすると、真剣な顔でうなずいた。

「わかった」

「えっ、いいのですか」

思いがけずあっさりと承諾され、今度は彼女のほうが驚いた。

「いや、よくないでしょ！　なに勝手に決めてるんですか！」

やんやと騒いでいた騎士たちがまた騒ぎだす。

どうやら求婚も討伐をやめる話も、目の前の騎士が勝手に言っているだけのようだ。

そうなると彼女は、自分がどうなるかよりもこれで本当にいいのだろうかという思いでいっぱいになる。

「求婚にはお応えできませんし、討伐もされたくありません……が、一度そちらの皆様とお話をしてから決めたほうがよろしいのではないでしょうか……？」

言葉を選びながら言うと、なぜか騎士たちが歓声をあげた。

「魔女のほうが常識人じゃねえか！」

「もっと言ってやれ！」

「やーい、振られてやんの！」

多対一でやんやと騒がれるのは彼がかわいそうだ、と彼女がさらに言葉を続けようとした時、黙って聞いていた男が片手で騎士たちを制した。

辺りが水を打ったように静かになる。

「部下たちが騒がしくてすまない。後でよく言って聞かせておく」

彼女から見えるのは彼の背中だけで、表情は見えない。しかし、部下の騎士たちがいっせいに青ざめ、命乞いを始めたことから穏やかではないらしいと察する。

男は部下たちの嘆きの声を無視して彼女を振り返ると、律儀に頭を下げた。

「貴女の言う通りだ。まだ名乗ってもいなかったな」

再び顔を上げた男が、まっすぐに彼女を見つめる。

「私はリンデン王国、カセル騎士団のグランツ・フォン・ノイフェルトという。貴女の名前を聞かせてもらえるだろうか？」

魔女は戸惑いながら男を見つめ、かすれた声を漏らした。

「私に名前はありません」

名もなき少女の話

彼女は両親から『お前』『それ』『あれ』と呼ばれて育った。

そんな呼び方をしなかったのは彼女を『親友』と呼んで笑う美しい王女だけ。

平民の家に生まれた彼女は、膨大な魔力を持っていたことから、両親に見世物の道具として扱われ生きていた。

食事や睡眠の時間も満足に与えられず、言われるがまま魔法を行使し、両親のために金を稼ぐ人生に疑問を抱かなかったのは、彼女がそれ以外の人生を知らなかったからだ。

やがて八歳になった彼女の奇妙な力の噂を、とある貴族が聞きつけた。

両親とその貴族の間で、どのような話が交わされたかを知る日は最後までこなかったが、結論から言うと彼女は大金と引き換えに売られたのだった。

貴族は少女を年相応の身なりに整えはしても特別扱いするわけではなく、まるで空気のように扱った。

少女は魔法を要求されない生活に対し、自分の存在意義を奪われた気がして毎日不安に思いながら過ごしていたが、そんな生活も長くは続かなかった。

貴族はもとより少女を手もとに置くつもりがなく、より高額で売りさばいたのだ。

彼らが住むセニルース王国の王女ラベーラのもとへ、奇跡の力を持つ〝聖女〟という触れ込みで。

『ふうん、あなたが聖女なの？』

ラベーラ王女が物珍しい動物を見る目で言ったのを、彼女は今でも覚えている。

物心ついた頃から魔法の力を見世物にされ、やがて両親に売られた彼女には、己が何者であるかもわからなかった。

答えられずにいた彼女に、ラベーラは咲き誇る花を思わせる笑みを浮かべたのだ。

『じゃあ、今日からあなたは私の親友ということにしましょう。ね？』

光を受けると淡い緑を映す金髪と、やわらかく緩んだ薔薇色《ばらいろ》の瞳は、彼女の胸に小さな感情を生んだ。

親友という言葉の意味はわからなかったが、なんだかとてもうれしいことを言われた気がしたからだ。

この人は自分に優しくしてくれるかもしれない、と少女がぼんやり思ったのも無理はない。

稼ぎが少ないと殴られ、食事を抜かれ、次の金のために魔法を強要される——。彼女はラベーラに出会ってから、自分が両親との生活を少なからずつらいと思っていたことに気づいたのだった。

やがてセニルース王国の聖女——その影となるべく引き取られた少女は、初めての親友を盲目的に信じた。

＊＊＊

月日は流れ、八歳だった少女は十八歳になった。

「私のかわいいお友達。今日は南部に雨を降らせてほしいの。今、地図を見せてあげるわね。ほら、ここよ」

羊皮紙に描かれたセニルース王国の地図を見せ、ラベーラはいつものように少女にお願いをした。

「私たち、親友でしょう？　聞いてくれるわよね」

こくりとうなずいた少女は、ラベーラの示した土地を頭に思い浮かべた。

城に引き取られて九年、一度も部屋の外へ出たことはない。しかし彼女の魔法は遠くの景色を、目の前で起きていることのように映し出した。

姿が反射する大理石などの磨いた石や鏡、もしくは桶に張った水面に像を映し出すほうが負担が少なかったが、ラベーラは少女の命にかかわるようなことでもない限り、必要以上のものを用意しない。

だから少女はいつも、遠くの景色を自身の頭の中に映す。

ぼんやりと浮かんだ南部地方は、干ばつに喘《あえ》いでいた。もうひと月近く雨が降っておらず、人々は水を欲し、太陽を恨みながら過ごしている。

「ラベーラ様、どうしてもっと早くお願いしてくれなかったのですか？」

からからに乾いた子供の亡骸を抱いてむせび泣く母親の姿が映り、彼女は胸を押さえながらラベーラに尋ねた。

ラベーラは銀の鈴を転がすような美しい声で笑うと、胸の痛みに顔をしかめる少女の額をとんと指でつついた。

「だってすぐに助けたら、誰も聖女をありがたく思わないでしょう？」

ラベーラはセニルース王国の王女であり、同時に聖女とも呼ばれている。国に恵みを与え、他国の脅威を退ける神の御業は、城の奥に囚われた〝影〟によるものではなく、ラベーラのものとされていたからだ。

「つまらない質問なんてしないで。早く助けてあげて」

親友のお願いを、少女はかれこれ十年聞き続けている。

今日もまた、自身の内に眠る魔力を巡らせ、苦しみに嘆く人々のために魔法を使った。

地図の上に右手をかざすと、手のひらからすうっと魔力が抜けていく。

城の中からではなにが起きたかわからないが、今頃、干ばつに喘いでいた南部ではひと月ぶりの恵みの雨が降り注いでいるはずだった。

少女は他者に願われなければ、魔法を扱えない。それ以外で使った経験がないせいだ。

「ありがとう、私のかわいいお友達。次はこっちもよろしくね」

「はい、わかりました」

「ふふっ、やっぱりあなたってとっても素敵だわ。私たち、ずっと親友でいましょうね」

「はい」

こうして彼女は、ラベーラを聖女たらしめるために朝から晩まで働いた。自身の存在を誰にも知られることなく。それは少女が両親に望まれ、強いられていた生活とさほど変わらなかったが、〝親友〟という優しい響きが苦しみを麻痺《まひ》させていた。

他者はそれを搾取と呼ぶが、人との交わりが少なかった彼女にはわからなかったのである。


十八歳になって数週間が過ぎたある日、少女はセニルース王国で重要とされる春の式典にもラベーラ王女の影として参加していた。

参加といっても、人前に姿を見せるわけではない。ラベーラが聖女として人々に奇跡を披露するのを手伝うのだ。

「今年の式典は、私《わたし》が成人になってから初めて迎えるものでしょう？　国民たちはこれまで以上に聖女に期待するはずだわ。だからね、ただの魔法を見せるだけでは失望させてしまうと思うの」

「どのような魔法をお望みですか……？」

「そうね……。聖獣を召喚する、というのはどう？　聖女だけでなく、国を守護する聖獣まで現れたとなったら、人々は安心して暮らせるに違いないわ」

「わかりました。聖獣を呼び出せばいいのですね」

「小さなものではだめよ。誰もが崇《あが》めるような聖獣でなくては。……あなたならできるわよね？」

ラベーラは城下町の大きな広場に向かう途中、彼女に向かってそう言った。

少女は聖獣というものを知らなかったが、自身の魔力が導くままに願えばいいのだろうと深く考えずにうなずく。

今までだって、雨を降らせようとか、魔獣を打ち払う光で城下町を包もうとか、遠征に向かった騎士団の傷をひとつ残らず快癒させ、失った手足を生やそうとか、意識してやったわけではない。

ラベーラが聖女としての名を高めるために必要なことだから、と願ったから叶っただけ。自分がそれを可能とする理由も、方法も理解していない。

彼女はラベーラが広場の中心に立ち、人々の注目を浴びながら耳に心地よい演説をするところを、建物の陰からこっそりと見ていた。

事前に伝えられていた合図の通りに魔力を呼び起こし、ラベーラが希望した聖獣を発現させようとしたのだが。

「きゃああっ！」

なにもない空にぽっかりとあいた穴から、見るからに禍々《まがまが》しい真っ黒な獣が現れる。

四つ足のそれは狼《おおかみ》に似ているが、ラベーラよりもずっと大きい。騎士たちが乗る馬に近く、小柄な人間ならば背に乗って移動できそうだ。

黒い毛なみの中でも特に目につくのが、後頭部から背中にかけたたてがみである。獅子のようにも見え、余計に獣の恐ろしさを際立たせていた。

口を開けると、鋭い牙が並んでいる。闇を切り取り、獣の形にしたようなその生き物は、聖獣というよりも――。

「どうして魔獣がこんなところに……！」

集まった人々が混乱に陥り、慌てふためいた。

魔獣と呼ばれる生き物は、世の理を外れた存在とされている。光を忌み嫌い、人間を食らう恐ろしい獣で、野の獣よりもずっと狂暴だ。また、特に好んで人間を襲うとも言われている。

しかし呼び出した獣は、見た目こそ禍々しいがおとなしく、瑠璃色《るりいろ》の瞳は知性を湛《たた》えて澄んでいた。

(悪いものではないと、ラベーラ様に伝えたほうがいい……？)

自主的に行動したことのない少女は、どうすべきかはかりかねてためらってしまった。

そのためらいが彼女よりも先にラベーラの声を人々に届かせ、命運を分けた。

「これは魔女の仕業よ」

ラベーラはよく通る声で言うと、物陰から見ていた〝親友〟を指さした。

「セニルースを混沌に陥れ、聖女《わたし》の力を奪おうとする魔女の策略だわ！」

〝親友《ラベーラ》〟はなにを言っているのだろう――？

疑問の声をあげるよりも早く、式典のために控えていた騎士たちが、呆然と立ち尽くしていた少女を拘束する。

わけがわからないながらも、彼女は自分よりも〝魔獣〟の心配をした。

（逃げて）

すでに騎士たちは召喚された魔獣を討伐しようと武器を構えている。

このままではなんの罪もない獣が殺されてしまう。彼女が呼び出してしまったばかりに。それだけは避けたかった。

（逃げて。ここから離れて……）

言葉にせずとも伝わったのか、魔獣は彼女を一瞥すると空に向かって跳躍して逃げ出した。無事に逃げ切れたかを見守る時間も与えられないまま、彼女は乱暴に引き倒され、地面へと顔を押しつけられる。

痛みに顔をしかめた少女の前に親友が立った。

た。

魔女、と罵られ、石をぶつけられる彼女に、ラベーラが無感情な眼差しを向けていた。

（ラベーラ様）


その夜、牢に囚われた彼女のもとにラベーラがやって来た。

「ラベーラ様、本当にごめんなさい。聖獣を呼び出そうとしたのに……」

「大丈夫よ。あなたはいつもよくやってくれたし、今回だってがんばってくれたのよね。みんなはわからないだろうけど、私はちゃんと理解してる」

ラベーラは不安がる彼女を落ち着かせるように、優しく――優しすぎるくらい穏やかな声で言う。

「みんなには私から言い聞かせておいたわ。あなたを処刑しろって言ってたけど、そんなのひどすぎるでしょう？　だからせめて追放にしてってがんばって説得したのよ」

殺されるよりはずっといいが、追放という言葉は少女を震え上がらせた。

「ありがとうございます、ラベーラ様」

「私のおかげで殺されずに済んだってわかるわよね？　だから、あなたを魔女にした私を恨まないでほしいの。呪うのもだめよ。それから……復讐もしないで」

少女はそれを聞いて不思議に思った。

(私がラベーラ様に復讐? 恨む理由も呪う理由もないのに? ずっと一緒にいてくれて、親友と呼んでくれた人を、どうして恨まなければならないの……?)

しかしラベーラは彼女が本当にそうすると信じているようで、必死な顔で冷たい鉄格子を掴んでいる。

「魔女に仕立て上げてごめんなさい。だけど、あの場ではああするしかなかったの。私が聖女じゃないと知れたら、あなたにだって危害が及ぶわ。あなたのことは、私が守ってきたんだから。何度も言ったでしょう?」

「はい。私を城に置いてくださるよう、国王陛下に言ってくださったと」

セニルースは国王が絶対的な権力を持っているが、真の権力者は父親から溺愛され、全権を行使できるラベーラだった。

「そうよ、その通り。あなたは私に恩がある。そうよね? 見世物扱いされていたあなたに役目をあげたんだもの。それに私たち、親友でしょう?」

「はい」

聖女ラベーラの影として過ごした十年間、繰り返された言葉だ。すっかり耳に焼きついている。

(親友だと思ってくれているから、処刑ではなく追放にとどめてくださった)

彼女の親友には、本当に大きな力があるのだ。雨を降らせるような魔法より、ずっと。

だから魔女にされた彼女が処刑されずに生き残ったのは、本当にラベーラのおかげなのである。

「最後まで守れなくてごめんなさいね。あなたは明日の朝、煤の森へ送られるの。でもきっと大丈夫よ。自分を強く保てば、死ぬことなんてないんだから」

「……またお会いできますか?」

彼女は自身を大切に扱い、親友と呼んでくれた唯一無二の存在に対してすがった。

ラベーラは一瞬だけ顔をゆがめ、聖女と呼ばれるにふさわしい笑みを浮かべる。

「ええ。だって私たち、親友だものね」


魔法を無効化する鎖で手足を拘束された少女はセニルース王国の国境を北西に抜け、不可侵の地、煤の森に捨てられた。

煤の森はセニルースの友好国であるリンデン王国から南西の位置にあたり、縦に並んだ二国の西側に広がっていた。

魔獣が跋扈《ばっこ》すると噂される不浄の地は、二国間のどちらの国土でもなく、ただ不気味に沈黙を保っている。

彼女を連れてきた騎士たちが姿を消すと、不意に乾いた草を踏む音がした。

「……あら。あなたもここにいたの？」

地面に転がったまま、身動きも取れずにいた彼女を出迎えたのは、式典で召喚された例の魔獣だ。

魔獣はのそりと彼女に近づくと、その手足を拘束していた鎖に鼻を押しつける。その瞬間、あらゆる魔法を無効化するはずの鎖がぼろぼろと崩れて消え去った。

目の前の光景に驚きながらも、鎖の跡を手でこすりながら立ち上がった彼女は律儀に頭を下げる。

「ありがとう。やっぱり悪い獣ではないのね。聖獣には見えないけれど、本当は聖獣なのかしら？」

甘えた鳴き声をあげて伏せた魔獣は、なにも答えない。

（どうなるかと思ったけれど、この子がいてくれるなら大丈夫かもしれない。少なくとも、たったひとりでいるよりは……）

彼女は心細さを紛らわせるように正面から獣の首を抱きしめて、やわらかな毛並みに顔を埋めた。

「私もセニルースには戻れないの。ここで一緒に暮らしましょうか」

ラベーラという話し相手がいないのは寂しいが、親友のためにならないのなら、ここでひっそりと生きるしかない。

彼女は魔獣を従え、人々が近寄らない煤の森の奥へと足を踏み出した。

＊＊＊

名もなき魔女が煤の森に居着いて、三か月近く。

魔獣の協力と自身の魔力によって細々と生活していた彼女は、グランツと名乗った騎士を前にひどく困惑していた。

「私に名前はありません」

「名がない……？」

グランツの戸惑いを感じても、彼女にはほかに言えることがない。

「はい。ですから、お好きなように呼んでください」

言ってしまってから、彼女は失敗したと感じた。

（これでは、またこの人と会おうとしているみたいに聞こえるわね。求婚を断った以上、もう二度と会うことはないでしょうに……）

しばらくの沈黙の後、思案していたグランツが微笑する。

「では、貴女をシエルと呼ぼう。私が信じている女神の名だ」

彼女は無意識に『シエル』と唇で形を作っていた。

とてもきれいな響きだが、これからお前の名になるのだと言われても、すぐには受け入れがたい。

「私には恐れ多いお名前です」

「だが、貴女は女神の名を冠するにふさわしい女性に思える」

なにをもってそう言っているのだろうと、彼女——もといシエルは不思議に思った。

グランツとは出会ったばかりで、言葉を交わしたのもこれが初めてだ。温かな眼差しを向けられる理由も、求婚される理由もない。

しばらく黙っていたグランツの部下たちが、互いに顔を見合わせてささやく。

「相手は魔女だろう？　団長は妙な魔法で誘惑されてるんじゃないか？」

「今まで数多《あまた》のご令嬢の誘いを断ってきた人だしな……ありえる」

「酒に媚薬を盛られても平気な顔してたって聞いたぜ。魔法ならいけるってことか？」

「でも、団長に魔法は通用しねえよ。気合いで跳ねのけるから」

「じゃあ、単純におかしくなったのか……」

「お前、後で殺されても知らないぞ」

シエルはささやかれる声に対して居心地の悪さを覚え、自分を抱きしめるように右手で左腕を掴んだ。

なぜ求婚などしたのか尋ねたい気持ちはありつつも、彼の仲間にとっては非常に好もしくない事態だと判断し、改めて頭を下げる。

「どうぞお帰りください。先ほどもお伝えしました通り、よく知らない方の求婚にはお応えできません」

ふう、と息を吐くのが聞こえ、シエルはグランツを見る。

「それならば、これから私がどのような人間かを知ってもらいたい。求婚の答えはその後でかまわないから」

グランツもまた、シエルを見つめて言う。

「貴女が私を好いてくれるまで、いつまででも待とう。だからどうか機会《チャンス》をくれないだろうか？」

控えめで誠実ながらも、どこか必死さを感じさせるひと言にシエルはうろたえた。

　彼女はもともと、他人の要求を拒むのが得意ではない。人の願いを叶えてばかりの生き方をしてきたせいで、自分の意思というものも希薄である。

「わかりました。では、今はまだ応えられないということでよろしいでしょうか……？」

「ありがたい」

　グランツの表情がぱっと明るくなると、恐ろしげな印象が一気にやわらいだ。

（本当にうれしいと思っているんだわ）

　彼のわかりやすい喜び方は、シエルの胸の奥にほわっと温かい気持ちを灯す。他人の願いを叶え、喜ばせることで、彼女は自分の存在意義を確認していたから。

「私にも貴女のことをもっと教えてほしい。これからよろしく頼む」

「はい、よろしくお願いいたします」

　グランツは騎士らしく形式張った礼をすると、シエルに背を向けて部下たちのもとへ戻った。

　一部始終を見ていた騎士たちが盛大に騒ぎだす。

「団長！　目ぇ覚ましてくださいよ！」

「魔女を討伐するんじゃなかったんですか⁉」

「たしかにその通りだが、お前たちには彼女が魔女に見えているのか？」

騎士たちはグランツの言葉を聞き、改めてシエルをまじまじと見た。

儚《はかな》くたおやかで、声を荒らげたことのなさそうなおとなしげな少女だ。実際に目にしなければ、恐ろしい煤の森に住んでいるなどと思わないだろう。

身なりに気を使う余裕がないためか薄汚れているのに、どことなく神秘的な雰囲気を漂わせて見えるのが不思議だった。

討伐対象なのに、少女の前で膝をついて頭を垂れたくなる。

――魔女というよりは、聖女と呼ぶほうがよほど似合う。

誰も言葉にはしなかったが、騎士たちは同じ思いを抱いた。

ただ、命令を受けている以上、そこまでは口にできずのみ込む。

グランツは部下たちが黙ったのを見て、ほっとしたような表情を見せた。

「なにかの間違いだとしたら、罪のない少女の命をいたずらに殺めることになる。慎重に検討すべきところだろう」

それを聞いた騎士のひとりが、完全には納得できていない様子で口を開く。

「殿下になんて報告するつもりですかね？」

「俺のほうで対処する。今日は引き上げるぞ」

「団長がそう言うなら任せますけど。殿下にお小言をいただいても知りませんよ」

「なに、たまには言われる側になるのも悪くない」

グランツが彼らを引き連れて立ち去ると、声も遠ざかっていく。

やがて人々がいなくなり、立ち尽くしていたシエルはほっと肩の力を抜いた。

その横に音もなく魔獣が降り立つ。

黒く禍々しい姿の魔獣が雌だと知ったのは、煤の森に来ていくばくも経たない頃。

〝彼女〟はつがいもいないのに、突然身ごもって子供を生んだのだ。

その子供――黒い毛玉にしか見えない魔獣は、くりくりした目をシエルに向け、彼女の足もとにころんと転がった。

「きゅうん」

まだ薄いピンク色の腹を見せ、子魔獣は『撫《な》でて』と言いたげに彼女を見つめた。

愛くるしいもふもふを前に、初めてシエルの表情が安堵で緩む。

「私、今日からシエルというみたい」

シエルは魔獣に話しかけ、お腹《なか》を見せる真っ黒な毛玉をわしゃわしゃと撫でた。

手が早いわけではないようです

カンカン、と木製の椅子を作る小気味いい音が響いている。

シエルは切り株に腰かけ、せっせと家具を量産するグランツを見ていた。

（グランツ様が現れてから、そろそろ十日くらい……？　頻繁に来てくださるけど、お仕事は大丈夫なのかしら）

彼は数日おきにシエルのもとを訪れ、彼女の生活改善のために尽力している。

魔女討伐の件は、『本当に魔女かどうかを確認する必要がある』と保留にされているそうだ。グランツは詳細を語らなかったが、シエルの命を奪う者はいないとはっきり言いきってくれた。

そうして、彼が来るのは今日でちょうど三回目になる。

（リンデン王国の騎士団長だとおっしゃっていたのに）

ちら、とシエルが目を向けた先には、ミディイルという名の彼の愛馬がくつろいでいる。その足もとには好奇心旺盛な魔獣の子供がまとわりついていた。

黒い毛玉にしか見えない魔獣の子供は、いつもこうしてミディイルと遊ぶ。馬のほうも嫌がっているわけではないようで、時々鼻をすり寄せたり、尾を振って遊び相手になったりしていた。

　グランツはどう見ても軍馬のミディイルに、いろいろなものを運ばせてやって来る。戦場を駆けるのが仕事であろう軍馬に、果たして木材や大工道具を積載するのは正しいのかどうか。

（自分を知ってもらいたいとおっしゃっていたけれど、わからないことばかりだわ）

　昼過ぎに来て陽が落ちる前に帰る彼を、シエルはいまだにどう扱えばいいかわからずにいる。

「どうしていつも、なにかを作っていらっしゃるのですか」

　今日までずっと、シエルはグランツを遠巻きに眺めるばかりで、自分からはほとんど話しかけなかった。

　グランツも必要以上に会話をしようとしなかったため、まともに会話したのは初めて出会った時以来だといえる。

　シエルが話しかけると、グランツは作業の手を止めて顔を上げた。

　騎士団長だというのに軽鎧は身に着けておらず、極めて簡素な衣服のみ。シャツを肘までまくっており、鍛えられた腕があらわになっている。

「貴女の生活が少しでもよいものとなるようになにかできたら、と思ったのだが、迷惑だっただろうか」

まっすぐに見つめられたシエルは、意思の強い瞳を受け止めきれずにうつむいた。

「いえ、迷惑というわけでは……。お仕事は大丈夫かと思ったんです」

「済ませてから来ているんだ。気遣ってくれてありがとう。だが、本当に迷惑になっているなら遠慮せずに言ってほしい」

「大丈夫、です」

シエルは小さな声で返事をした。

(この方とどう接したらいいのかもわからない……)

シエルが黙ってしまうと、グランツは再び作業に戻った。

ふたりの間に微妙な沈黙が生まれ、木を組み合わせる軽快な音が辺りを包み込む。

なんとも気まずい空気を破ったのは、ミディイルのもとで遊んでいた子魔獣だった。

ふんふん鼻を鳴らしながらやって来た小さな魔獣は、シエルの膝ではなくグランツのもとへ向かう。

またグランツが手を止め、寄ってきた魔獣の子供を抱き上げた。

「危ないから近づくんじゃない。ミディイルと遊ぶのはやめたのか?」

きゅうん、と黒い毛玉が声をあげる。こうしていると、本当に子犬にしか見えない。

「今日は母親の姿がないようだが、また狩りに出ているのか。お前もそのうち、あのぐらいの大きさになるのだろうな」

子魔獣はお腹を見せ、まだ短い尻尾を懸命に振って愛嬌を振りまいていた。

かわいらしく微笑ましい光景に、いつもシエルは少しだけ心を和ませる。

ふと、グランツがシエルを振り返った。

「そういえばこの子の父親はどこにいるんだ？」

「わかりません。いつの間にか生まれたようで詳しくは……」

「まあ、魔獣がほかの生き物と同じく、両親を必要とするかもわからないしな。もしかしたら父親がいなくても子を産めるのかもしれない」

子魔獣が地面にひっくり返され、お腹をわしゃわしゃと撫でられている。

「グランツ様は魔獣が怖くないのですか」

愛くるしい子魔獣だけならばともかく、グランツは母魔獣とも恐れずに接しようとする。普通の人間ならばそうはいくまいと、シエルは再び彼に尋ねた。

「今日はよく話しかけてくれるんだな」

その言葉にシエルはびくりとするも、どうやらグランツは不快に思って言ったわけではないらしい。どことなくうれしそうにはにかんでいる。

「魔獣は恐ろしい生き物だ。目的もなく人間を狩り、村を滅ぼす姿は災厄と変わらない。だが、この子を見ていると、まだ私の知らない魔獣も存在しているのだろうと思う。なにより、貴女を傷つけずにいるのだから、悪いものだと決めつけたくない」

人間の話している内容を理解しているのかいないのか、子魔獣は甲高い鳴き声をあげてグランツの手に頭をすりつけて甘えている。

「貴女だって同じだ。世間では魔女と呼ばれているが、私にはか弱く愛らしい女性に見える」

それを聞いて、シエルは無意識に自分の身体を抱きしめた。

「だから私に求婚なさったのですか？」

か弱く愛らしい女性と聞いて、首をかしげながら言う。

自身がそうだとは露ほども思えないが、彼にはそう見えているなら、自己評価はともかく受け止めるべきだろう。

求婚の理由は、彼の目に好もしく映ったからなのだろうかと、しっくりこないながらも納得する。

シエルはずっと、求婚の理由をグランツに聞けずにいた。

人と接する機会が少なかったせいで、どう切り出せばいいかわからなかったためだ。

しかしグランツはシエルの納得した言葉に対し、首を左右に振った。

「貴女の見た目に惹かれたわけではない。……私の部下を助けてくれただろう？　その時の貴女の姿に心を奪われた」

「え……」

「私が初めてここを訪れた日の話だ。赤髪の騎士を魔法で癒やさなかったか？」

子魔獣の鳴き声も耳に入らないくらい、シエルは動揺していた。

（どうして、それをこの方が知っているの）

グランツは蒼白になったシェルへ、自身の見たものを語り始めた。

＊＊＊

魔女を討伐せよ、とリンデン王国のアルド王子に命を受けたグランツだったが、煤の森に入ってすぐ、率いてきた仲間の一部とはぐれてしまった。

どこの国にも属していない土地とはいえ、彼が率いるカセル騎士団のすべてを連れて向かうわけにはいかない。

よって三十という少数で小隊を組み、足を運んだのだが、そのうちの一分隊——五人がいつの間にか姿を消していた。

「やっぱり魔女の仕業なんですかね」

仲間の姿が見あたらなくなっても、騎士たちは不安を顔に出さなかった。恐れを口に出せばそれが伝染し、判断力が鈍るとわかっていたからだ。

団長のグランツも表面上は冷静に、部下の言葉にうなずく。

「そうだとしたら、迅速に対処せねばならないのも理解できるな」

グランツはそう答え、怪しげな空気を漂わせる森を一望するように遠くを見やった。

(土地勘のない場所に惑わされただけならばいいが)

薄暗い煤の森には得体の知れない魔力でも満ちているのか、馬たちが狂う。

来たばかりの道へ戻ろうとしたり、かと思えば突然駆け出そうとしたり、落ち着きなく足踏みを繰り返す馬を抑えるのは骨が折れた。

それはリンデン王国でも屈指の名馬と名高い、グランツの愛馬も同じだった。

「どうします、団長。はぐれた奴らを捜しに行きますか？」

「今ならまだ、そう遠くには行っていないと思いますよ」

「許可をいただければ、団長の手をわずらわせずに俺たちで見てきます。どうせその辺にぶらついてるでしょうし」

あちこちから部下に話しかけられ、グランツは少し考えた。

軽い言い方に聞こえるが、彼らは仲間を捜しに向かいたいのだ。

「いや、俺が行こう。お前たちは先に進んでくれ」

グランツが答えると、騎士たちは軽口を言い始めた。

「大丈夫ですか？　団長、意外と抜けてるところがありますからねぇ」

「これで団長まではぐれたら笑えませんよ」

「団長が無事に合流できるかどうか、誰か賭けるか？」

笑い声さえ聞こえる中、グランツが肩をすくめて苦笑する。

「仮にも上官を賭けの対象にするな」

カセル騎士団の面々は、立場も身分も違うグランツに対して気安く接する。

戦場では関係ないからと、グランツがそうするよう徹底しているからだ。

軽口をたたけるほどの関係でなければ、素早く正確に指示を通せない。そして部下たちが報告をためらうような人間が団長であってはならないと、彼は常々思っていた。

それ以上に、彼は爵位を持つ貴族でありながら、堅苦しいやり取りに苦手意識を抱いている。

だから部下たちと同じく、冗談でも言うような口調で言った。

「俺が戻ったら、お前たち全員の俸給で酒でもおごってもらうか」

その瞬間、彼の部下は口を揃《そろ》えて容赦なく文句を漏らした。

「ただでさえ薄給なのに、まだ搾取するつもりですか！」

「むしろ団長がおごってくださいよ！　あんた、金持ってるでしょ！」

「というか、どんだけ酒を飲む気なんですかね！」

「団長なら店のひとつやふたつ潰《つぶ》せそうですけどねー」

グランツは笑いを噛み殺し、愛馬の首を軽く叩いた。

「行くぞ、ミディイル」

名を呼ばれた愛馬が小さくいななき、主を乗せて軽やかに駆け出した。


本隊を離れたグランツは、表情を引き締めて周囲を見回した。

隊を預かる立場の彼が単独行動を申し出たのは、煤の森を徘徊する魔獣をひとりでも相手できるのがグランツだけだからだ。

精鋭揃いとはいえ、小隊をさらに分けて行動させれば、魔獣に対抗しきれない可能性がある。それならば本隊は本隊のまま、グランツがひとりで行動するほうが効率がいい。

（それにしても、暗い場所だな。ここに住まう魔女とやらは、いったいどんな女なのか……）

仲間の気配を捜していたグランツの愛馬が、不意に足を止める。

「どうした？」

尋ねながら、彼は警戒を強めて馬の背を下りた。腰の剣に手をかけ、いつでも抜けるようにする。

愛馬が魔獣の気配を感じ取ったのかと思ったが、すぐにそれは違うようだと気づく。敵が現れたにしては落ち着いていたためだ。

（……ん？）

ふと、視界の隅に煤の森には似つかわしくない色が見えた気がした。

すぐに近づくような真似はせず、近くの枯れ木に身を隠して様子をうかがう。愛馬が騒ぐことを懸念して、これもまたそばの木陰に導いた。

（ミディイル、ここでおとなしくしていてくれ）

少し離れた位置にある岩の陰にもたれる影があった。

薄暗さに顔をしかめながら目をこらしたグランツは、うつむくようにうなだれ、岩に身体を預けているのが部下のひとりだと気づいて息をのむ。

彼の特徴的な赤髪が視界に入ったのだった。

(寝ている……わけではないな。怪我《けが》をしているのか)

生気を感じられない顔に血の気が引くも、グランツは警戒を怠らない。

魔獣の中には、罠を用意する狡猾《こうかつ》なものもいる。もしも部下がその罠として利用されているなら、飛び出せばグランツが狩られるだろう。そうなれば共倒れだ。

嗅ぎ慣れた血の香りがふわりと空気に交ざって漂った。

グランツは焦燥感を募らせながらも、急がずにじりじりと距離を詰めていく。

彼が音を立てずに草陰に身を伏せた時、草を踏む場違いなほど大きな音がした。

ぎょっとして動きを止めたグランツは、目の前の光景に一瞬自分が夢を見ているのかと錯覚する。

灰をかぶったような銀髪の少女が現れ、倒れた仲間を見るなり駆け寄ったのだ。

顔立ちは離れているのもあってよく見えないが、敵意は感じられない。ぼろのような服から覗《のぞ》くほっそりとした手足は、少し力を入れれば簡単に折れてしまいそうだ。

(何者だ……?)

グランツならば謎の少女を捕らえることも可能だったが、不思議と身体が動かない。

少女は赤髪の騎士に近づくと、そばに膝をついて生気のない騎士の顔に恐る恐る触れた。汚れた頬を撫でてから、はっとしたように手を引き、またそっと触れる。グランツはそんな彼女の仕草を見て、長い髪に隠れた顔に痛ましい表情が浮かんでいるのではないかと思った。

（なにをしようとしている？）

仲間を傷つけたのは彼女ではないようだ。もしそうならば、傷の有無を確認するわけがない。

「きゅうう」

小さな声が聞こえ、グランツの肩に力が入る。

少女の足もとを跳ねる黒い毛玉――なんらかの獣があげた鳴き声のようだ。愛くるしいが、謎の少女が連れているとなると油断はできない。

「教えてくれてありがとう。……間に合うといいのだけれど」

風にまぎれそうなささやきを聞いたグランツの鼓動が激しく高鳴る。

（もしも声に香りがあるのなら、彼女の声は月夜に咲く花の香りがするだろう）

武人の彼らしくない詩的な感想だったが、少女から目を離せない。

やがて少女が赤髪の騎士の腹部の真上に手をかざした。

さすがに飛び出しかけたグランツだったが、彼女の手から漏れ出た淡い新緑の光に気づき、ぎりぎり踏みとどまる。

やわらかで温かな光が騎士の身体を包み込んだ。

（なぜ俺は、一瞬でも彼女が敵かもしれないと思ったのだろう）

淡い光から、いや、それを放つ少女から『助けたい』という強い願いを感じる。

だからだろうか、グランツは彼女のしていることを邪魔してはならないと思った。

グランツがしばらく黙って見守っていると、力なく首を垂れていた騎士が軽く咳《せき》をする。

先ほどは生気のなかった顔に、今はうっすらと赤みが差していた。

ほっと安堵の息を吐いたグランツだが、今は仲間よりも不思議な少女が気になって目を離せない。

少女は祈るように手を組み、光をその場に保ち続けていた。

（美しい……）

今にも消え入りそうなほど儚く見える彼女の、なにがそんなに己を引きつけているのかグランツにはわからない。

少女の足もとにはちょこちょことかわいらしい獣が動き回っていたが、今のグランツはまったくそちらに気を惹かれなかった。

(煤の森には女神がいたのか)

やがて少女は光を治めて手を引いた。

時が止まったように動けずにいたグランツは、彼女が髪を耳にかけた際にその顔を見てしまう。

蒼く透き通った瞳に薔薇色の頬。小さな唇には安堵の微笑が浮かんでいて、儚い少女の雰囲気を甘いものへ変えている。

「きっともう大丈夫。……本当によかった」

彼女は傍らの黒い獣にささやくと、再び騎士の頬を撫でた。

それを見たグランツは無意識にこぶしを握りしめる。

(ずるいぞ)

彼女に触れられたい——という強い思いが、グランツの胸の内を支配する。それと同時に、触れたいという気持ちも。

(もしも彼女に微笑みかけられたら。……俺はなにを考えているんだ。今まで、女性に対してこんな気持ちになったことなどないのに)

グランツにしては異常なほど隙を見せたまま、ぼんやりと少女の動きを目で追う。

騎士の顔についた汚れを拭い、赤い髪を撫でつけてから立ち上がると、彼女は足もとの獣に視線を落とした。

「行きましょう。でも、次は勝手に走り出してはだめよ」

「きゅうっ」

ぴょんと飛び跳ねた獣が少女の足にまとわりついた。

彼女は軽く屈むと、もふもふの獣を抱きかかえて歩き出す。

（かわいらしい……）

先ほど彼女を美しいと思ったグランツだったが、今度はかわいらしいという感想を抱いた。もちろん、かわいいと思った対象は黒い獣ではなく少女のほうである。

グランツは心を抜き取られたように、彼女の姿をぼんやりと視線で追いかけた。

ふっと意識が現実に戻ったのは、彼女が完全に視界から消え、足音すら聞こえなくなってからだ。

（俺は、なにを）

無意識に頬を緩ませていたグランツが、すぐに表情を引き締めて倒れた仲間のもとへ駆け寄った。

濃厚な血のにおいが漂うも、その身体に傷はない。

だが、鎧は明らかに人間のものではない力でひしゃげ、ねじり切ったように不自然な形にゆがんでいる。

（はぐれた先で魔獣に襲われたか。意識はないが……一命は取り留めたようだな）

心からよかったと思いながら、グランツは息を吐いた。

（間違いなく彼女の力によるものだろう。あれは癒やしの魔法か、あるいは奇跡か……。どちらにせよ、彼女がこいつの命を救ったことに変わりはない。くそ、なぜ立ち去るまで動けなかった？　感謝のひとつも伝えられていないというのに……！）

今すぐにでも追うか悩むも、そもそもグランツがここにいるのは仲間を捜すためだ。目的を果たしたのなら、謎の少女を追う必要はない。

（また会えたなら、その時は……。それよりも、どう説明するか悩ましいな）

意識を失っていた部下が再び咳き込む。ぴくりとまぶたが動き、覚醒が近いことを予感させた。

（女神に命を救われたのだと言ったところで、笑われて終わりだろう。俺でさえ、見たものが現実だったかと問われたら、そうだと答えられる自信がない。……だが、あれはまぎれもなく現実だった。その証拠に、ひとりの人間が助かっている……）

死にかけた人間が新緑の光によって回復した時、少女は明らかにほっとした様子だった。

彼女の愛らしい顔を思い出し、グランツの胸がきゅんと疼《うず》く。

(説明したくないな)

グランツは手で胸を押さえ、少女のか細く甘やかな声を頭の中でよみがえらせる。

(彼女のことは、俺の胸だけに秘めておきたい)

いつまでも少女を忘れられずにいるグランツだったが、そこにガサガサと草木をかき分ける音が響いた。

一緒に聞こえてきた話し声が仲間のものだと気づき、まだ意識を失ったままの仲間を横抱きにして立ち上がる。

「ミディイル」

忠実な愛馬がのそりと木陰から姿を見せた。

「静かにしてくれていて助かった。おかげで彼女を驚かせてしまわずに済んだ」

ミディイルは甘えるように小さく鼻を鳴らすと、グランツの胸に顔を擦り寄せた。

グランツがミディイルの背に仲間の身体を載せるのとほぼ同時に、はぐれたと思っていた分隊の騎士たちが現れる。

「団長!? ――ザイレ! 無事だったのか!」

「よかった……！　魔獣に襲われた時はどうしようかと……！」

グランツと合流した安堵からか、騎士たちは興奮した様子で歓声をあげる。

つい先ほどまで謎の少女に心奪われていたグランツはそんな姿を完璧に隠し、騎士団長にふさわしい真面目くさった顔で言った。

「ここは魔獣が跋扈する煤の森だ。気を抜くな」

＊　＊　＊

「……というわけなんだが」

グランツが話し終えると、謎の少女――シエルはふるりと震えた。

たしかにシエルはグランツが現れる数刻前、赤髪の若い騎士に魔法を施した。

どうやら騎士は仲間たちとはぐれた先で獣に襲われたらしく、腹部に鎧ごと肉をえぐられた生々しい傷があった。

折れた骨が内臓に突き刺さり、息をするのも苦しそうだった騎士が、命を落とす前に発見されたのは子魔獣のおかげである。

いつものように木の実を探していたシエルは、子魔獣の鳴き声を聞いて瀕死の騎士に気がついた。親友のラベーラは人前で魔法を使うなと繰り返し言っていたが、死にかけている者を放置できるはずなどない。

シエルは意識のない騎士から『生きたい』という願いを感じ取り、その思いに応えるように癒やしの魔法を使って助けたのだが。

「あの場には誰もいなかったはずです……」

「貴女の位置からは陰になっていたせいで、見えなかったのだろう。……あの魔法は見られたくないものだったのだな。すまない」

グランツの言葉は、彼がシエルの魔法を見たという事実を示している。

「煤の森に慣れないせいで、連れてきた部下たちの一部がはぐれてしまったんだ。そのうちのひとりが彼だったんだが……」

「あなた以外の方も私の魔法を……？」

「いや、私しか見ていないし、誰にも話していない」

ラベーラが見せるなと言っていた魔法を見られてしまった――という不安が、シエルの顔いっぱいに浮かぶ。

だが、グランツはシエルに向かってすっと頭を下げた。

「部下を助けてくれてありがとう。どう切り出すべきか悩んでいたせいで、礼を言うのが遅くなってしまった。命の恩人だというのに、礼を失してすまない」

「あの方は大丈夫でしたか……?」

「ああ、おかげさまで。私に助けられたと思っているようだが、濁してある。どう説明すべきか悩んだし、信じてもらえるとは思えなくてな。それに……いや、なんでもない」

たしかに、とシエルはうなずく。

煤の森に癒やしの魔法を扱う人間がいたと言っても、なにかの冗談かと思われるだけだ。こんな不毛の地を好んで住む者などいないのだから。

そうしてグランツがごまかしたのだとしたら、のちにシエルを見てますます真実を伝えられなくなったに違いない。

シエルはほっとしながらも、改めて真剣な顔で言った。

「誰にも言わないでください。人に見せてはいけないものなんです」

見せるなと言われた理由は知らないが、必要以上に多くの人間に知られるのは恐ろしい気がした。

「わかっている。……貴女にとっては、よほどの行為だったのだな。部下を見捨てずにいてくれて本当にありがとう」

改まった様子で深々と頭を下げられたシエルは、自分の気持ちの行き場に悩んでうろたえた。

「あ、頭を上げてください。そこまでされるほどのことではありません……！」

慌てて言うも、グランツは視線を地面に向けたまま首を左右に振った。

「貴女にとってはそうでも、私には違う。言葉でしか感謝を伝えられないのがもどかしいな」

「感謝しているとおっしゃるなら、どうかそのぐらいにしてください……」

グランツの言葉を知った今、ラベーラから言われていた同じ言葉がどれほど軽く中身のないものだったかを理解する。

彼女は『ありがとう』という音を発しているだけだった。一方のグランツは、心からシエルの行いを尊んでいる。

シエルが懇願したからか、グランツはもとの通り顔を上げた。

深い感謝と好意を隠さない穏やかな眼差しを直視してしまい、シエルは思わずぱっと顔をそらしてしまう。

（そんな目で見ないで……）

彼の視線は妙に心にしみて、シエルの胸に温かな火を灯すと同時に落ち着かない気分にさせた。

むずむずするような得体の知れない気持ちが芽生え、この場から逃げ出したくてたまらなくなる。正確に言うと、グランツのそばから逃げたくなった。

「見せてはならないというのは、貴女が魔女と呼ばれている理由と関係があるのか？」

話が変わったことに安心し、シエルは少しだけ自分を取り戻す。

「わかりません。ただ、見せてはならないと言われていたので」

「……解せないな。魔女とは人を傷つけ、虐げる恐ろしい存在だろう。しかし貴女の魔法はとても優しかった。私には——貴女が聖女に見えた」

ふる、とシエルが首を振って後ずさる。

（聖女はラベーラ様だもの。私はただの……影）

このままだと余計なことを言ってしまいそうで、その場から逃げ出そうとしたシエルだったが、その前にグランツが彼女を止めた。

「この話をしてほしくないのなら、もうしない。だからもう少しだけ話に付き合ってくれないか？」

「どうして……？」

「貴女を好いているからだ」

まっすぐな物言いは、彼に魔法を見られたことよりもよほど恐ろしい。

「私は部下を助けた時の貴女を見て、どうしようもないほど強く惹かれた。声をかける前に逃げられてしまったわけだが、まさか討伐するべき魔女としてその日のうちに再び出会うとは思わなかったな」

子魔獣がグランツの手の中で体勢を変え、ふわふわの毛を震わせる。

シエルがどこかへ行ってしまうとでも思ったのか、鼻を鳴らしながら彼女のもとへ駆け寄った。

「今日までずっと私を警戒していただろう？　貴女の気持ちが落ち着くまで待とうと思っていたから……。やっと話しかけてもらえて、うれしい」

ふとシエルは思い出した。

確かにグランツはシエルから行動を起こすまで、最低限の会話しかせず、距離を詰めてくることもなかった。

数回しか会っていないとはいえ、遠巻きに様子をうかがいながら心の準備をしたおかげで、やっと彼女は彼に話しかけられたのだ。

話しかけなければ、本当にいつまでも待ち続けたのだろうという気がして、グランツがシエルに抱く思いの大きさと深さを感じさせる。

「貴女のことをもっと教えてくれないか？」

「私の話をしても、グランツ様を楽しませられません」

「どんな話だろうと、貴女が語ってくれるのならそれだけで楽しい」

子魔獣が『撫でて！』とシェルのもとに寄ってきても、彼女はすぐに動けなかった。

力が抜けたように切り株に座り直すと、膝の上に子魔獣が飛び乗る。

「わからないんです、グランツ様のことが。魔法を扱う姿を見ただけで、求婚したいと思えるものなのですか？」

シエルの疑問を受けたグランツが、きょとんと目を丸くする。

「いや……普通は思わない……と、思う。――いや、待ってくれ。今のは誤解を生みそうだ。魔法を扱っていたから惹かれたわけではなく、貴女が特別だったというか」

特別という言葉の意味を、シエルはよく理解できない。

ラベーラが言っていた親友とはまた違う気はしている。

「美しいと思ったんだ。他人に見せてはならない魔法をためらいなく使う貴女の優しい心が、私にそう感じさせたんだろうと今ならわかる。触れてはいけないものだと思うのに、どうしようもなく触れたくなるような……」

グランツは言葉を詰まらせると、額に手をあてて息を吐いた。

「……世の中の男は、どうやって自分の気持ちを伝えているんだ」

どう見てもグランツの顔は赤くなっている。

照れているらしいとわかっても、シエルは戸惑うばかりだった。

(やっぱりわからない。どうして私なんかにそこまで言ってくださるのか。でも……)

子魔獣がシエルの膝の上でひっくり返り、まだピンク色のお腹を見せてきゅうきゅう鳴く。シエルはそのやわらかな腹を撫でながら、真っ赤になったグランツをしばらく観察していた。

(私ももう少しグランツ様のことを知ってみたい……かも?)

自身の口もとに、ここへ来て以来初めての笑みが浮かんでいるとも知らずに。

それから月日を重ね、グランツが初めてシエルのもとを訪れてからついにひと月が経った。

記念すべき十回目は、グランツによってイルシャと名づけられた魔獣とその子供、ミュンとともに外で出迎える。

「きゅうっ！　きゅっ！」

子魔獣がグランツの足にまとわりつき、かわいらしい鳴き声をあげる。

グランツはミュンのお腹を大きな手でわしゃわしゃと撫でた後、のっそりと近づいたイルシャのふわふわしたたてがみをもふった。

「相変わらず見事な毛並みだな」

「きゅ」

「いや、お前ではなく」

イルシャのたてがみに感心してのひと言だったが、なにを勘違いしたのか、ミュンが得意げに鳴く。

人懐っこい子魔獣をかわいらしく思ったらしく、グランツの口もとに温かな笑みが浮かんだ。

シエルはいつしかすっかり彼に懐いた魔獣たちと、グランツのやり取りをほっこりした気持ちで見守る。

やがてグランツは二匹との挨拶を済ませると、本命のシエルに向かって片手に持っていたかごを差し出した。

「女性はこういうものを好むと聞いたのだが」

騎士らしく武骨で大きな彼の手には不つり合いな、色とりどりのリボンで飾られたかごだ。その中には甘い香りを漂わせる焼き菓子が入っている。

「ありがとうございます。お茶の用意をしますね」

シエルは以前ほどグランツを警戒しなくなった。

手を伸ばせば触れる距離まで近づくようになっており、今も自分から彼に近づいてかごを受け取る。

ただ、シエルが近づくとグランツのほうが挙動不審になるのだった。

「菓子を用意してよかった。貴女の淹れる茶が好きなんだ」

頬を染めて言うグランツの視線は、頭ひとつ分以上小さいシエルに注がれている。

少し前までは受け止めきれなかった血色の瞳を、シエルは見つめ返した。

彼は背が高く存在感のある人だし、戦場の香りを濃厚に漂わせる騎士だ。腰に佩《は》いた剣も恐ろしくないといえば嘘になるが、グランツ自身は恐ろしい人ではない。

(私をとても大切に思って、優しくしてくださるから)

グランツはシエルとの逢瀬《おうせ》を重ねても、絶対に家の中へ足を踏み入れようとしなかった。

『恋人でもないひとり暮らしの女性の家に、厄介になるわけにはいかない』という理由によるものだ。どうやら彼の中には、守りたい一線があるらしい。

気遣いをうれしく思うシエルだが、そこまで気にするほどのことでもないだろうという気持ちもある。

「お茶を召し上がるのでしたら、今日こそ中に……」

「気持ちだけありがたくいただいておこう」

別にいいのに、とシエルは心の中でこっそり思った。

(私を妻にしたいというのに、この方は無理に距離を詰めようとしない。触れようとしたことだって、一度も……)

グランツはシエルに対して慎重すぎるほど慎重に、そして紳士的にふるまった。

彼はシエルを温かくて優しいと言ったが、シエルからするとグランツのほうがよほどその褒め言葉にふさわしい人だと感じている。いつだって急かさず待ってくれるグランツを嫌いになるのは難しい。しかしそれが彼の抱く好意と同じものに変わるかどうかは、さすがにわからなかった。

グランツの示す好意は、親友だとささやいたラベーラに与えられたものとまったく違っていて、いつもシエルを困惑させる。

彼はシエルに見返りを求めない。優しくしているのだから、早く求婚に応えろと迫ることもなく、ただ彼女と話す時間を楽しみにここまでやって来るのだ。

シエルは自分だけでなく、魔獣とも仲よくなろうとするグランツに惹かれつつあるのを自覚している。

（いつか気持ちにお応えしたいとは思う、けど）

ひとつ言えるのは、はっきりと気持ちを示すグランツを利用しているような現状が、心苦しいということだ。

彼はいつもシエルのために、彼女が好むような甘い菓子を用意したり、少しでも快適な生活を送れるように家具を作ってくれたりする。肝心のグランツ本人は、まったく気にしていない様子だが。

「では、こちらでお待ちください。すぐお茶の用意をします」

「ありがとう。ミディイルに水をもらってもかまわないか？」

「もちろんです。あ、でも桶を運ぶ時には気をつけてくださいね。ミュンが水浴びさせてもらえると勘違いして、大騒ぎするんです」

「水を好む獣もいるのだな。犬猫は嫌がるものだと思っていた」

シエルはグランツに背を向け、木のうろの家に入った。

少し前までは枯草を敷きつめただけの粗末な住居だったが、今は違う。

床にはやわらかな絨毯が敷かれ、グランツの指示で組み立てたベッドやテーブルがある。食器や調理器具も揃い、うろの入口を覆うだけだった木の板もちゃんと扉として改良されていた。

(グランツ様のおかげでこんなに住みやすい場所になったのだから、いつかお招きできるといいのだけど)

そう思いながら、シエルは魔法で飲料水を生み出してお湯を沸かし始める。

今から淹れる茶もグランツが持ってきたもので、リンデン王国ではよく飲まれている茶葉だとのことだった。

甘くすっきりとした風味が特徴で、シエルも気に入っている。

お湯を沸かしている間、シエルは大きめの器を用意し、グランツが持ってきた焼き菓子を並べた。

バターの香りがする丸い焼き菓子にこくりと喉《のど》を鳴らしたシエルは、先日作った木《き》苺《いちご》のジャムを小皿に分けて横に置く。

いつも世話になっているお礼になにかできたらと、初めて自分からグランツのために行動した結果がジャム作りだ。彼女がほかにできることといえば、荒れた土地に草木を芽吹かせたり、天候を変えたり、大怪我を治すことだが、どれもグランツが今シエルに望んでいるものだとは思えず、思いついたのが料理だったからである。

先に菓子を外へ運ぼうとしたシエルだったが、扉を開けた瞬間、先ほどとは違う空気の香りに足を止めた。

「どうかしたのか？」

空を見上げ、遠くの雲を見つめるシエルを見てグランツが話しかける。

「雨の香りがして……」

「雨？　こんなに晴れているのに？」

「湿ったにおいがするんです。数刻もしないうちに降ると思います」

グランツが不思議そうに尋ねた通り、空は気持ちよく晴れている。

雲はぽつぽつと見えるが、こんな青空なのに雨が降るとは信じがたい。

しかしグランツはシエルの言葉を否定せず、外につないだ愛馬を振り返った。

「貴女がそう言うのならそうなのだろう。今のうちにミディイルを、雨のあたらない場所まで移動させねば。貴女も中に取り込むものがあるだろう。ミディイルを移したらすぐに手伝おう」

「ありがとうございます」

シエルは洗濯物や、乾燥させた肉を急いで家の中へ運んだ。イルシャが先日狩った鹿を、グランツの手を借りて加工したものだ。

グランツが手伝わずとも、イルシャが室内に取り込むものを口にくわえてシエルに協力する。残念ながら幼いミュンは新しい遊びだと思っているらしく、シエルや母親のイルシャの足もとにまとわりつくばかりで、むしろ邪魔をして回った。

「こら、ミュン。邪魔しないで」

「きゅう！」

いかにも『わかった！』と言わんばかりのいい返事だったが、残念ながらミュンはこれまで以上にはしゃいでしまう。その結果、まだ取り込まれていなかった洗濯物がものの見事にぐしゃぐしゃになった。

愛馬を避難させたグランツが、ご機嫌なミュンを抱き上げて軽く耳を引っ張る。

「シエルに迷惑をかけるなら、罰が必要だな」

「きゅ？」

「かわいい顔をしてもだめだ」

苦笑しながら言うと、グランツはミュンの前脚の下に手を入れ、ぷらんとその身体を宙に浮かせた。

ミュンはなにをされているのか理解していないようで、後ろ脚を垂らしたまま不思議そうな顔をしている。

「シエル。ミュンは私が押さえておく。今のうちに片づけを済ませてしまえ」

「ええと……わかりました」

ミュンがめちゃくちゃにした洗濯物を取り込みながら、シエルは興味を引かれた様子でグランツを見守る。

(罰ってなにをするのかしら。グランツ様ならひどいことはなさらないと思うけれど……)

シエルがはらはらしながら見ていると、グランツはミュンの身体を持ち上げ、そのやわらかな腹に勢いよく顔を埋めた。

「きゅ!?」

驚いたのはミュンだ。シエルにもグランツにも撫でられた経験はあるが、こんなとんでもない真似をされたことは一度もない。

しかもグランツはミュンの腹に顔を押しつけたまま、ふうっと息を吐いた。

「きゅううう!」

突然の行為に混乱したミュンが、じたばたと脚を動かして逃げようとする。

しかし残念ながら、グランツの力のほうが強い。それに彼の手はミュンを片手で持ち上げられるほど大きいのだ。

「あ、あの、なにをなさっているのですか?」

母親のイルシャは特に反応を見せないが、シエルは心配してグランツに尋ねた。

グランツはミュンをつかまえたまま、シエルに向かって笑いかける。

「ミュンに罰を与えているんだ。よくイルシャもやっているだろう?」

そう言われて、シエルはイルシャとミュンの親子の日常を思い出す。

(たしかに時々、イルシャはミュンのお腹に顔を押しつけていたわ。大抵はいたずらをした後だったけれど、あれは母親として罰を与えていたのかしら……?)

だからイルシャはグランツのすることをとがめず、『やれやれ』といった顔で素知らぬふりをしているのだろう。

シエルは少しだけグランツをずるいと思った。ミュンの腹に顔を埋めたら、気持ちがいいに決まっている。

「きゅううう……」

ミュンが助けを求めるように、ちらっとシエルを見る。

シエルは子魔獣の眼差しを受けて、だめだというように首を横に振った。

(いたずらをするあなたが悪いと思うの。それに……もう少しだけ見ていたい)

かわいそうに思う気持ちはありつつも、シエルの頬は緩んでいる。

強面《こわもて》に見えていたグランツが、かわいらしいもふもふに顔を埋めている図がおもしろかったからだ。

「わかったら、もうシエルを困らせるなよ」

「きゅん……」

ひとしきり罰を与えられたミュンは、哀れっぽい鳴き声を発しながら地面に下ろされた。

仕返しのつもりなのかグランツの足に体当たりをし、今度はイルシャに首根っこをくわえられて引きずられていく。

「きゅうん、きゅうん」

今のミュンの鳴き声を人間の言葉にするなら『助けてぇ！』だろう。

しかしイルシャには、叱られた仕返しをしたミュンを許すつもりがないようだ。

離れた場所で、今度はイルシャがミュンのお腹に鼻を押しつけている。

「やはり母親が一番か。教育とは難しいものだな」

「まさかミュンも、あなたにあんな真似をされると思っていなかったでしょうね」

シエルが頬を緩めたまま言うと、グランツもつられたように微笑した。

「呑気《のんき》に見ている余裕はないぞ。残りのものも早く屋内に入れなくては」

「はい」

いたずらっ子を母親に預け、ふたりは再び仕事に取りかかった。

すべてを回収し終えた頃には、あんなに晴れていた空が怪しい黒雲に覆われている。

「貴女は空模様も読むのか」

「なんとなくわかるだけで、大したことはしていません」

やがて、ぽつぽつと雨が降り始める。すぐに桶の水をひっくり返したような土砂降りになり、さすがのグランツもシエルに言われて彼女の家に足を踏み入れた。

「椅子をふたつ作っていただいてよかったです」

シエルはグランツに椅子を勧めながらほっとして言う。

「ひとつでは味気ないと思ったんだが、まさか自分で座ることになろうとはな」

グランツは妙に落ち着かない様子で背筋を伸ばしていた。仕切りもなく置かれたベッドを見ないようにしているようだ。

イルシャとミュンの母子は部屋の隅で丸くなっている。特にミュンは遊び回って疲れたらしく、イルシャの足の間でお腹を見せて眠っていた。

野生のやの字もない姿を見て、グランツが微笑する。

なにげなくグランツへ目を向けたシエルは、彼の穏やかな笑みを見てそっと胸を押さえた。

にさせてくれる。

（グランツ様が笑うと、ここが温かくなる）

ラベーラといる時には感じなかった不思議な思いは、いつもシエルを幸せな気持ちにさせてくれる。

（だからこの方を怖くないと思うのかもしれない）

茶を淹れ、雨の音を聞きながら菓子をつまんだシエルは、温かな気持ちを感じながら口を開いた。

「ミディイルは外で大丈夫ですか？　家の中に入れてしまったほうがよかったのでは……」

「気遣ってくれてありがとう。だが、いくら貴女が生活できるだけの広さがあるといっても、ミディイルが入れるほどの広さはないだろう。それにもともと屋根のある場所より、外にいるほうが性に合うらしくてな。雨だろうと外に出たがるぐらいだ」

「そうなのですね。だったらいいのですが」

出会ったばかりの頃に比べれば、ずいぶんとグランツと気安く話すようになった。

（知らない話をたくさんしてくださるから、グランツ様とお話しするのは好き）

その後もミディイルの話や、リンデン王国で流行しているもの、焼き菓子をどこで手に入れたのかという話を楽しむ。

「では、このジャムは貴女の手作りなのだな。道理でうまいわけだ」

「お口に合ったのならよかったです」

「ああ、本当にうまい。団員たちにも食わせてやりたいな。あいつらは甘味と酒に飢えているんだ」

　グランツが冗談めかして言うと、シエルがくすくす声をあげて笑う。

「甘いものがお好きな騎士団なんて、ちょっとかわいらしいですね」

　彼女がこんなふうに笑うのは珍しい。グランツは目を瞬《しばた》かせた後、つられた様子で微笑んだ。

「やっぱりやめておこう。あいつらに食わせてやるのが惜しくなった」

「たくさん作りましょうか？　そうすれば、全員に行き渡ると思います」

「私が言いたいのはそういう話ではなく。……独り占めしたくなったんだ」

　シエルは愛おしげに言う彼からそっと視線をずらした。胸の奥でかすかな音がして、喜ぶグランツを見ていられなくなる。

（そんなに気に入ってくださったのなら、グランツ様のためだけにたくさん作りたい）

　彼がなにも望んでくれないから、なにかをしたいと思ってしまう。というより、なにかしなければならないのではと思っていた。

（でもきっと、グランツ様は遠慮なさるのよね）

他人の願いのために生きてきたシエルにとっては、存在意義を揺るがす事態だったが、なぜか不安や焦りよりも安堵を感じる。なにもしなくていい、という優しさは、シエルの警戒心を溶かした。

彼女が穏やかな時間に心地よさを感じていると、不意にグランツの表情が陰った。

「そろそろ貴女がなぜここに住み、魔女と呼ばれているのか聞いてもかまわないだろうか？」

「え……」

「殿下からいろいろと話は聞いていたが、今日まで見てきた貴女は、どう考えても討伐依頼がくるほどの魔女に見えないしな。私なりに考えてみたのだが、こんな扱いをされなければならない理由が思いつかないんだ。本当は別の理由が……あるいは、明かされていない真実があるのではないかと思っている」

こと、とシエルは持っていた陶器のカップをテーブルに置いた。

空になったカップに、グランツが新しい茶を注ぐ。

「イルシャを……魔獣を呼び出してしまったんです」

名前を呼ばれたと思ったのか、イルシャが顔を上げる。

知性のある瑠璃色の瞳は、何度見ても魔獣と呼ばれる恐ろしい獣の印象と噛み合わない。

「差し支えなければ、聞かせてもらえないか？　魔法を見られたくないと言っていたのもあるし、無理にとは言わないから」

シエルは少しだけ悩んで、ジャムをつけた焼き菓子を口に運んだ。

（私のことを話したら、グランツ様はここに来なくなるかもしれない）

おいしいと思っていた菓子の甘さが遠ざかり、代わりに苦い思いが芽生える。

「私が本当に魔女だとしたら、どうしますか？」

目を見張ったグランツが表情を引き締めた。

「私は私の見聞きしたものを信じる。私が知る限り、貴女は決して魔女と呼ばれるような人物ではない。先ほども雨の中のミディイルを心配してくれただろう？」

はっきりした言葉と声色の優しさは、シエルの心を震わせた。

「でも、私は……」

ためらって、開いた唇を閉じてしまう。

（……ううん、グランツ様は私を信じると言ってくださったのよ）

シエルは再び口を開き、自分を信じると言ってくれたグランツにすべてを話した。

グランツが呼び名を与えるまでずっと名前がなかった理由。幼少期から強い魔力を持っていたため両親に見世物にされ、やがて貴族のもとへ売り飛ばされたこと。

セニルース王国のラベーラのもとで生きてきた話もしてしまった。

「ラベーラ様は、魔獣を呼び出した私を追放刑にとどめてくださいました」

「……だが」

黙って話を聞いていたグランツが、こらえきれなかったように口を開く。その表情は厳しく見えた。

「魔女を討伐するよう、リンデンに要請したのはセニルースのラベーラ王女だ」

「ラベーラ様が……？」

「すまない。言うべきではなかったのかもしれない」

グランツは目を伏せてから、悲しそうにシエルを見つめ直した。

「今の話を聞く限り、貴女は……利用されていた。そして口封じとして命を狙われているように思う」

「そんな、ありえません。どうしてラベーラ様が？　あの方は私を親友だと言ってくださったのに……！」

シエル自身、信じられないほど大きな声が出た。

グランツも驚いたようだったが、すぐに眉根を寄せて唇を噛む。

「大切な親友を悪く言ってすまない。貴女が怒るのも当然だ」

「あ……」

頭を下げたグランツを見て、シエルの頭がすっと冷える。

「私こそ大きな声を出してすみません。……どうしても信じられなくて」

シエルにだって、グランツが意地悪でひどいことを言ったわけではないとわかっている。それどころか、彼は心配しているから、あえて正直に自分の考えを述べたのだろうと。

「なにかの間違いではないでしょうか……？　私を討伐するよう言ったのは、別の方とか」

「私の主君はラベーラ王女の婚約者なんだ。たしかに討伐を依頼したのは殿下だが、そうするよう相談を持ちかけたのは王女だ。今の話を聞く限り、貴女だと知っていて言ったとしか思えない」

「ですが、今さら私を殺すくらいならどうして追放にしたんでしょう。最初から処刑しておけばよかったと思いませんか？　だからきっと違うんです」

「貴女を恐れていたからではないのか。王女は貴女の本当の力を知っているのだから」

反論しようとしたシエルは、自分の声が出ないことに気がついた。

ラベーラは魔女にされたシエルになんと言ったのだったか。

『私のおかげで殺されずに済んだってわかるわよね？　だから、あなたを魔女にした私を恨まないでほしいの。呪うのもだめよ。それから……復讐もしないで』

最後に聞いて久しいラベーラの言葉は、今も鮮明に思い出せる。

（ラベーラ様は私に恨まれるようなことをした自覚があった？　だからあんなふうに言ったの？）

グランツはなにも言わず、シエルの考えがまとまるのを待っていた。

騙《だま》されていたシエルへの哀れみと悲しみ、そしてラベーラに対する怒りが複雑そうな表情に見え隠れしている。

「処刑した時に、私になにかされると……ラベーラ様がそうお考えだったというんですね」

「あくまで私の考えであって、真実かどうかはわからない。私はラベーラ王女の人となりを知らないし、貴女が見てきた王女の姿が正しいなら、私の考えが間違っているのだろう。……そうだったらいい」

皮肉にもグランツの言葉が、シエルの心をラベーラから遠ざけた。

グランツはシエルを気遣い、ラベーラが善人であればいいと自分の考えが誤っている可能性を提示した。

しかしラベーラは、シエルに他者の命を奪うよう願った時も、魔女として追放する時も、自分の正当性を主張したのだ。

(ラベーラ様と過ごした時間のほうが長いのに、私はグランツ様を信じたいと思っている)

彼の言動はどんな時でも思いやりに満ちている。

シエルに見返りを求めず、ジャムを作っただけで喜んでくれたのもそうだ。

グランツがシエルに好意を抱いているという前提はあるにしても、彼のもともとの性格が優しく気遣いにあふれているのだと考えるのは難しくない。

「私はラベーラ様に騙されていたんでしょうか」

実の親に見世物として酷使されていた頃と、ラベーラのもとで過ごした十年。生活する場が違うだけで、求められていたことは変わらなかったのだと、今考えてみて気づいた。

もっと早く気づけたはずなのに、シエルは考えもしなかった。

『あなたが必要なの』と態度と言葉で示してくれたラベーラにすがったせい。

あるいは、両親のように自分を痛めつけない優しい人だと思ったせい。
そして『親友』と優しくささやく彼女を、盲目的に信じたせい。
「……すまない」
グランツは目を伏せて、短い謝罪の言葉を述べた。
「貴女を傷つけたくはなかったが……」
「わかっています。……グランツ様はそういう方ではありませんから」
イルシャやミュンにまで思いやりを見せる彼が、シエルを傷つけるとわかっていて
自身の考えを口にした。
もうそれがすべての真実を表しているように見えて、シエルはくっと唇を噛む。
「ラベーラ様が私をどう見ていたかはわかりませんが、私が魔獣を召喚したのは事実
です。……それでもまだ、求婚したいとお思いですか？」
どうしてそんな質問をしたのか、シエル自身にも理由を答えられない。
シエルに自覚はなかったが、その顔には不安と怯《おび》えが浮かんでいた。グランツの温
かさをすべて失ってしまうのではないかと、切ない気持ちが込み上げる。
「私は他者に手を差し伸べる貴女の姿を見て、惹かれたんだ。たとえ魔獣を召喚しよ
うと、貴女が優しい人だと知っている。それに、改めてそう尋ねるのも誠実だと思う。

貴女には王女との過去を利用して、私に取り入ることもできたのだから」

じわりと視界がにじんだのを感じ、シエルは自分の目をこすった。

なぜグランツの言葉がこんなにもうれしいのか、よくわからない。

「今日まで貴女とはいろいろな話をして、それなりの時間を過ごしてきたつもりだ。その上で、嫌いになれそうにない。むしろ、人柄を知って以前よりも好きになった。……これで答えになっているだろうか？」

「……はい」

まっすぐな思いはシエルにとってまぶしかった。

（申し訳ありません、ラベーラ様）

ラベーラを信じないわけではないが、それ以上にグランツの言葉を受け入れたい。

（私も自分で見聞きしたものを信じたいです）

くあ、と小さな鳴き声が聞こえ、シエルとグランツは同時に音のほうを見る。眠っていたミュンが目を覚まし、大きく伸びをしていた。

「私のほうでも、王女の件を調べてみよう。殿下に魔女はいないと、改めて説明するところからだな」

「もしかして私はまだ討伐対象ですか？」

「一応、そういうことになっている。だが心配しないでほしい。誰であろうと、貴女に手出しはさせない」

真剣な表情で言ったグランツだったが、ミュンがテーブルに飛び乗ったせいで格好がつかなかった。

ゆったりと近づいたイルシャが、お転婆娘の首の皮をくわえて引っ張っていく。

そして、『邪魔をして悪かった』とふたりへ視線を送り、きゅんきゅん鳴くミュンのお腹に鼻を押しつけた。

その姿を目で追っていたグランツが、ふと気づいたように扉を見る。

「雨の音がしなくなったな」

「もう上がったのかもしれませんね」

「また降る前に帰ったほうがよさそうだ」

グランツが席を立って扉を開くと、澄んだ陽の光が室内に差し込んだ。

すっかり晴れて青空が広がっているが、地面はぬかるんで、ところどころに水たまりができている。

去ろうとしたグランツの背中に、シエルが駆け寄った。

「待ってください」

思わずグランツの服の裾を引っ張ってしまい、ぎょっとした彼と目が合う。

「また来てくださいますか」

グランツの反応を見て、シエルはためらいがちに手を離した。

いじらしい仕草に胸が疼くのを感じながら、グランツはふっと微笑する。

「次はもっと楽しい話を用意しよう。それから、貴女が好みそうな菓子も」

「私、甘いものが好きみたいです。でも甘くなくてもいいです」

またあなたに会えるなら、とシエルは心の中で付け加える。

「ではいろいろ持ってくる」

「はい」

自分の胸を片手できゅっと掴んだシエルは、心臓がひどく高鳴っていることに気づいた。

思えば、グランツとこんなに近づいたのも、服とはいえ触れたのも初めてだ。

「お気をつけてお帰りくださいね」

「ああ、ミディイルにも言っておく。貴女も私がいない間に怪我などしないよう」

グランツの手がシエルの頬に近づくも、少しさまよっただけで触れずに離れていく。

ほんの一瞬、ふたりの間に今まではなかった甘い空気が流れた。

しかし、グランツが立ち去ったせいですぐに消えてしまう。

シエルは彼が慣れた様子でミディイルの背に収まり、遠ざかっていく姿をいつまでも見ていた。

音もなく近づいたイルシャがシエルの手の下に頭を入れ、自分を撫でさせる。希望に応えながら、シエルはぼんやりとつぶやいた。

「……触れてくださってよかったのに」

彼の大きな手に触れられたらどんな心地がするのだろう、と考える。

想像して頬を赤らめたシエルを、イルシャはじっと見ていた。

◇◇◇

シエルと別れた後、グランツは自身の住まいであるノイフェルト邸ではなく王城へ向かった。

なじみの門番や城の使用人たちと挨拶を交わし、ミディイルを厩舎《きゅうしゃ》に預けてから城内に入る。

赤い絨毯が敷かれた廊下を歩くグランツの腰には剣があった。城内でも帯剣を許されている人間は、そう多くない。

シエルは知らなかったが、リンデンのカセル騎士団といえば、西の国境を数十年に渡り守り続けてきた守護神とも呼べる騎士団である。

家門を重視せず、純粋に実力だけで団員が決められるカセル騎士団において、王族から最も厚い信頼を得ているのがグランツだ。

グランツは見慣れた廊下を進み、王城の最上階へ足を進めた。

王族の私室がある最上階には、選ばれた者しか入ることができない。当然ながら、守りを固める兵の数もほかとは異なっていた。

やがてグランツは金で装飾された扉の前に立った。

そして、横に控えた護衛騎士に話しかける。

「殿下はおいでか？」

「はい、ノイフェルト卿をお待ちです」

「それはしまったな。もう少し早く来るべきだった。いつもは殿下が私を待たせるものだから、つい」

護衛騎士がふと声を漏らして笑い、グランツも微笑する。

こんなやり取りも慣れたもので、護衛騎士はすぐに部屋の主にグランツの来訪を告げた。

「アルド殿下、ノイフェルト卿が――」

「ああ、聞こえている」

「では、失礼いたします」

室内から声がし、護衛騎士が扉を開いた。

「ありがとう」

グランツは騎士に言うと、部屋に足を踏み入れた。背後で扉が閉まる気配を感じながら、部屋の中央のソファでくつろぐ主と視線を交わす。

「お待たせして申し訳ございません。グランツ・フォン・ノイフェルトが参りました」

「今は俺以外、誰もいないぞ」

リンデンの王子、アルド・ウィン・リンデンがにやりと笑いながら言う。

王子という身分にふさわしいだけの強気な表情だ。人目を惹く金髪碧眼と、理想をそのまま彫刻にしたかのように美しい顔立ちは、多くの貴族令嬢を虜にしている。

「よそ行きの顔はしなくていい。ほら、座れ」

「では、遠慮なく」

アルドに着席を促されたグランツが、向かい側のソファに腰を下ろして足を組む。

　主君たる王子を前にずいぶんと不遜な態度だったが、この気の置けないやり取りが彼らの関係を示していた。

「なにか飲むか？」

「いや、先ほどうまい茶を馳走になったばかりでな」

　本来は敬語を使うべき相手にもかかわらず、グランツは砕けた口調で話しかける。

　それもそのはず、彼らは主従関係にあると同時に幼なじみであり、気の置けない友人でもあった。

　ノイフェルト家は王族と親戚関係にあるのだ。そのため、ふたりは幼い頃から交流し、人のいないところでは友人として言葉を交わす。

　グランツが二十三歳、アルドが二十一歳と、年がそれほど離れていないのも、堅苦しいやり取りを嫌う理由のひとつだった。

「先ほど？　ああ、また魔女のもとに出向いたのか」

「彼女をそんなふうに呼ばないでくれ」

　グランツが眉根を寄せて言う。

「何度も言っているが、そう呼ばれていいような人じゃない。……可憐《かれん》でかわいらしくて、守ってやりたくなるような――」

「『現世に降り立った女神かと思うほど、不思議な魅力のある女性』だろう？　もう死ぬほど聞いた」

はあ、とアルドがため息をつき、虫でも追い払うようにグランツに向かって手を振った。

「やっぱり魔女に誘惑されているんじゃないか？　数多の女を拒み、恋愛のれの字もなかったお前が、魔女に出会ってからは同じ話ばかりする。どう考えたっておかしいだろう」

「彼女が俺に妙な魔法をかけていないことは、俺自身が一番よく知っている」

シエルとのひと時を思い浮かべたグランツの表情が優しく緩む。

長年付き合いのあるアルドも見たことがない、甘い表情だった。

「どうだか。魔法にかかっていたら、『俺は普段通りだ』と言って当然だ」

「だったら聞くが、俺が魔法にかかっているように見えているのか？」

「いや？　お前のような堅物を魅了するような魔法があるなら、俺にも教えてもらいたいもんだ。どんな人間だって籠絡《ろうらく》できそうじゃないか」

「俺を信じているのかいないのか、どっちなんだ……」

アルドは長年の友人の肩を軽く叩いて、くくっと笑う。

「お前を信じているが、正気だとも思っていない……といったところだな。それにしても、そんなに美しい女なのか、魔女は」

堅物のグランツが繰り返し褒めるほどの女性に興味を示し、アルドが目を輝かせる。

グランツは頑《かたく》なに魔女呼びをやめないアルドに顔をしかめながらも、うなずいた。

「美しい……と言えばそうだな。たったひと晩しか咲かない花のような、月明かりにも似た儚い雰囲気の人だ」

剣と馬ばかりにかまけてきた幼なじみにはまったく似合わない詩的な表現に、アルドはげんなりした顔をする。

「カセル騎士団のグランツともあろう男が、どこからそんな言葉を覚えてきたんだ。はっきり言って気味が悪いぞ？　ほら、見ろ。お前のせいで鳥肌が立ったじゃないか。まったく、パーティーでもその調子だったら、集まったご令嬢をひとり残らずベッドに誘い込めそうだな」

「品がないぞ、アルド」

「事実だろう？」

アルドが身を乗り出して、先日からずっと様子のおかしいグランツを覗き込む。

「魔女の討伐を待ってほしいと言われた時は、お前でも苦戦するような強敵かと思ったが。まさか恋わずらいだとはな。騎士団の連中が泣いていたぞ。団長がおかしくなったと」

「自覚がないわけではないからな。俺は彼女に出会って変わってしまった」

グランツが遠い目をして、シエルのことを思い出す。

「傷ついた者にすぐ手を差し伸べられる人なんだ。自分よりも他人を気遣いすぎるきらいはあるし、人に慣れていないのか警戒心も強い。それでいて押しには弱くてな。いきなり求婚した俺を、戸惑いながらも受け入れてくれている」

「受け入れてくれている？　受け入れさせているの間違いじゃないのか？」

アルドに鼻で笑われ、グランツは苦笑した。

「そうかもしれない。そういった点では、彼女の弱みに付け込んでいるのと変わらないな」

「……やっぱりどうかしている。社交界でも有名な、紳士的で優しいノイフェルト卿はどこへ行ったんだ」

「失礼な。彼女の前では常にそうあろうと気をつけている」

「どうだか。うっかり押し倒すなよ」

「アルド」

グランツがあきれたようにとがめ、額に手をあてて息を吐く。

人前では人格者の王子を演じるくせに、誰もいない時はいつもこうだ。王子というよりは、街の悪童のほうがよっぽどアルドに似合っている。

「お前がいつも絶賛するせいで、俺も魔女に興味が湧いてきたじゃないか。口説いたら妃になってくれるか、試してみたくなる」

「求婚しても断られるぞ。俺がそうだった」

そう言ってから、グランツは少しうれしそうに付け加える。

「まあ、今はだいぶ心を許してくれたがな。この調子で、いつか彼女の恋人に……」

「お前は口説き方がなってないんだ。出会っていきなり求婚なんて、今どき誰がやる？　恋人になるまでの間も、死ぬほどやらかすんだろうな」

その話を聞いた時のことを思い出したのか、アルドが肩を震わせて笑いだす。

「花街の娼婦との駆け引きでもあるまいに。しかも、よりによって魔女ときた。女心に疎い戦闘馬鹿のお前には、難易度が高すぎるだろう。俺ならもっとうまく口説ける」

「勝手に言っていろ。……お前のような節操なしを、彼女のもとに案内する気はないからな」

「誰が節操なしだって？　未来の王妃探しに勤しむ有能な王子と言ってくれ」

「手あたり次第、美人に声をかける男のなにが有能なんだ。だいたい、お前にはラベーラ王女という婚約者がいるだろう」

「まだ結婚したわけじゃない」

「最低だな」

アルドの女性関係はなかなか華やかである。

絶世の美男子かつ王子である彼と過ごしたがる女性は多く、アルドも誘いをかけられたら基本的には断らない。

後腐れなくきれいに関係を清算し、今も友人として――多くの貴族の情報を得る手段のひとつとして、うまくやっている手腕にはグランツも舌を巻いている。

問題はアルドに婚約者がいるということだ。刹那の恋人たちはそれを知っていて、結婚までの間にアルドとのお遊びを楽しむわけだが、婚約者のラベーラはなにも知らないでいる。

グランツが目を伏せ、ぽつりとつぶやいた。

「お前でなくとも、彼女のもとにほかの男を連れていきたくはない」

「なんだ、立派に独占欲なんか抱くようになったのか。成長したな、グランツ」

「茶化すな。……怖がらせたくないんだ」

グランツは無意識に姿勢を正すと、ほんの数刻前に彼女に触れようとした自分の手を見つめた。

「あの人はいつも不安そうで、寂しそうに笑う。やっと最近になって、俺の前でも声をあげて笑うようになったんだ。見知らぬ男を連れていったら、きっと怯えさせてしまう」

「つまり自分は特別扱いされていると言いたいわけだ。そういうのをなんと言うか知っているか？　牽制《けんせい》と言うんだ。またひとつ賢くなったな」

アルドが再び茶化すも、グランツは真剣な表情を崩さない。

「煤の森で孤独に暮らしている理由も教えてくれた。……過去にひどい目に遭ってきたんだ。これからは彼女を傷つけるすべてのものから、守ってやりたい」

「恋に溺れるのはかまわないが、お前が一番に守らなきゃならないのは俺だからな？」

「お前にしては笑える冗談だな。国境を守るほうがよほど重要だろうに」

「その大事な国境を放って、せっせと恋人のもとに通っているのは誰だ？」

「仕事はすべてこなしてから会いに行っている。第一、まだ恋人ではない」

シエルに会いに行く日、グランツの一日の予定はとんでもなく過密で忙しくなる。

午前中に騎士団長としての事務仕事をし、部下たちの鍛錬に付き合い、国境の守りに注力する。午後はすぐにシエルのもとへ向かい、陽が落ちる前に帰路についた。そして夜はノイフェルト公爵として、屋敷と領地の管理を行う。

陽が昇る前から日付が変わるまで休みなく動くせいで、家の者からも騎士団の部下たちからも心配されているが、グランツはそれを苦としていなかった。

グランツが自分の胸に手をあて、シエルを思い浮かべながら軽くシャツを掴む。

「こんなにも強く、誰かを守りたいと思ったのは初めてだ。俺の力は彼女のためにあるのではないかとすら思う」

「今のは聞かなかったことにしておいてやるからな。リンデンの西を守護するカセル騎士団長が、王国よりも女を優先するなんて、ほかに聞かれたらうるさいに決まっている」

「心配するな。こんなこと、お前にしか言わない。……お前だから、言うんだ」

グランツはアルドにシエルへの想いを隠さない。

彼は主君であると同時に、グランツの親友で、幼なじみでもある。そしてなにより、シエルを討伐せよと命じた張本人だ。

「これが本当の恋なら、幼なじみとして応援してやる。でもな、本当に魔女に狂わされているのなら、俺もお前の主君として相応の対応をしなきゃならん」

ずっとグランツを茶化し、楽しそうだったアルドの表情が真面目なものに変わる。

気の置けない友人に向けるものではなく、いずれ一国を担う未来の王としての表情だった。

「なんだ?」

グランツはアルドの視線を受け止めてからうなずき、ふと微笑する。

「いや、彼女の魔法に狂わされているならそれもいいと思ってな」

「は?」

「あんなに部下がいたのに、その中からわざわざ俺を選んで魅了したということだろう? 運命的なものを感じずにはいられな——」

「それ以上言うと、グランツ・フォン・ノイフェルトが乱心したと斬り捨ててやるからな。いや、いっそ本当に斬っておくか? さすがに正気に戻ってくれるよな?」

あきれ返ったアルドだが、グランツは笑って応える。

「はは、お前の腕で俺を斬れるものか。これでも騎士団長だぞ」

「くっ……頭が花畑になっている奴の言うことだと思うと、死ぬほど癪《しゃく》だな……!」

アルドが眉間にしわを寄せてから、天を仰ぐ。

シエルと出会ってからのグランツは終始この調子で、これまでの彼の姿からは想像もできない表情を見せた。昔から責任感が強く、義務を重んじるグランツがようやく見せた人間らしい一面だが、アルドはどうしても慣れない。

「忘れているかもしれないから言っておく。お前が惚れた女は、俺の婚約者の——セニルースの聖女の敵だ。それを忘れるな」

「……聖女の敵、か」

グランツの口調がどうしても苦々しいものになる。シエルの話を聞いた今、こちらに伝わっている〝聖女〟の実態に疑問を感じずにはいられない。

「最近は聖女としての力をうまく扱えないでいると聞いたが?」

シエルが搾取されていたことは伏せ、グランツはアルドに探りを入れる。

「以前にも話しただろう?　魔女の力によるものだと。お前の想い人は春の式典で魔獣を召喚し、聖女たるラベーラの力を奪ったんだ」

「だからシエルを討伐せよと言うのだろう。だが、それで聖女の力を取り戻せるものなのか?」

「知らん。ラベーラからは『魔女に呪いをかけられている、このままではセニルースに恐ろしいことが起きるかもしれない』と聞いているが、聖女の力がどうのこうのは聞いていない。ほかには……ああ、お前を指名したことぐらいか。『リンデンのカセル騎士団を率いるグランツ卿なら、恐ろしい魔女とも渡り合えるはずだ』と言っていた」

「それは初耳だな」

意外そうに言うグランツに対し、今度はアルドが苦い表情をする番だった。

「彼女の言葉で唯一それが引っかかっていてな。たしかに煤の森はお前が拠点とするリンデン西部に近い。しかし、だからといってわざわざ要請する必要はないと思わないか？　自国の騎士団のほうがよっぽど扱いやすいだろうに。討伐のための支援だって、他国が相手では必要以上に用意しなければならないし、利点が思いつかん。だからな、俺はなにか裏があるんじゃないかと思っている」

よかった、とグランツはひそかに思った。

アルドは婚約者のラベーラの考えを立てはするが、盲目的に愛し、信じているわけではないのだ。

あくまで国と国をつなぐための政略結婚。多くの女性を口説き、利用するのと同じように、アルドはラベーラを駒のひとつとして見ているところがある。

王子らしくない言動の多いアルドだが、自分以外の他人を損得で判断し、利用することをためらわない非情さは王族らしい冷たさを感じさせた。

「俺にさせたがったのか？　カセル騎士団ではなく？」

「ラベーラの中で妙にお前の評価が高くてな。魔獣を引き連れた凶悪な魔女に対抗できるのはお前だけだ、と。カセル騎士団を褒めているような口ぶりだったが、俺がお前を思い浮かべるよう誘導されていたのではないかと思わないでもない」

「……わからないな。評価しているから、というだけの理由には思えないが……。いや、あまりお前の婚約者を疑うような発言はしないでおこう」

「今さらだ。俺もお前の恋人を疑っている」

恋人と聞いてグランツが敏感に反応し、少しだけ頬を赤らめる。

「だから恋人ではないと言っているのに。そうなるために努力中だ」

「うるさい、いちいち照れるな。真面目な話をしている最中に、いきなりボケる奴があるか。戦闘馬鹿のお前はどこに行ったんだ？」

「ひどい言いようだな。今までも戦闘馬鹿でいた覚えはないんだが」

「自覚がないのも困りものだな。……こんなやり取りが一生続いてたまるか。俺が痺《しび》れを切らして、ほかの者に討伐依頼を出す前には関係を進めておけよ」

ふたりの密談はそれからもしばらく続いた。

答えがここで出るはずもないが、共に忙しい立場なのもあって、会える時に可能な限り情報を共有しておいたほうがいい。

　グランツはアルドとの会話の中で、ラベーラへの疑惑をさらに深めた。


　アルドのもとを辞去したグランツは、城下町で軽く買い物を済ませてから、自身が治める領地へとミディイルを走らせた。

　リンデンの王都、キルヒェから馬で数刻かかる距離である。しかし優秀なミディイルはその行程を半分以下にまで短縮する。

　そうはいっても、ノイフェルト領に着く頃にはとっくに月が空を飾っていた。

　領内で最も大きな街、タスローは三重の分厚い防壁に囲まれた要塞都市である。王都のキルヒェよりも堅牢に守られている理由は、タスローが西側の国境と近い位置にあることが関係していた。

　住民の多くはカセル騎士団に関係のある者で、タスローが陥落すればリンデンが落ちるとまで言われている。およそ五千のカセル騎士団により守られたタスローは、リンデンで最も危険な地でありながら、最も安全な地でもあった。

　グランツが姿を見せると、門衛たちがいっせいに背筋を伸ばした。

「おかえりなさい、団長！」

「ご不在の間、タスローに異常はありませんでした！」

「そうか、それはなによりだ」

グランツはこの地を治める領主だが、タスローの住民は公爵ではなく騎士団長として彼と接する。貴族としての一面よりも、騎士としての姿を見せる機会が多いからである。


夜にもかかわらず、街は明るく活気に満ちていた。

男女問わず外で楽しく談笑し、屋台の料理や酒に舌鼓を打って盛り上がっている。

夜中でも昼間と変わらない活気があるのは、タスローの特徴だ。どこを見ても騎士団の息がかかった人間がいるため、ここで悪事を働くのは非常に難しい。よって人々は安心して夜も自由に過ごせるのだ。

自身が守護する街がいつも通りであることにほっとしながら、グランツはタスローの最奥に位置する屋敷へとたどり着いた。

タスローにあるどの屋敷よりも大きく立派で、明らかにほかとは一線を画している。

主人の帰宅にいち早く気づいたのは、昔からノイフェルト家に従う執事だった。

「おかえりなさいませ、グランツ様」

「ああ、ただいま。ミディイルを頼む」

「かしこまりました」

グランツは外套を執事に渡すと、屋敷に入り、二階へ続く階段を見上げる。

「ラークはもう寝たのか？」

「いえ、グランツ様のお帰りを待つのだと部屋で――」

執事が答えている間に、屋敷のどこからか勢いよく駆ける足音が響く。

階段から忙しなく駆け下りてきた少年は、グランツを見て顔を輝かせると勢いよくその腕の中に飛び込んだ。

「兄様！　おかえりなさい！」

「ただいま。だが、走ってくるのはいただけないな。未来の公爵がそれでどうする？」

「急いで兄様をお迎えしなきゃと思って。僕、寝ないで待ってたんだ」

グランツは苦笑し、十五歳も年が離れた弟の髪を撫でてやった。

ラーク・フォン・ノイフェルトはグランツの母親違いの弟で、まだ八歳という幼さである。愛妾の子として生まれたグランツと違い、本妻から生まれた正当な後継者だ。ほかの家門ではやや複雑な関係になりかねない兄弟だが、ふたりの仲は非常に良好で、特に弟は兄を心から慕っている。

前ノイフェルト公爵の本妻と愛妾が世間でよく言われているような敵対関係ではな

く、親友だったことも関係していた。数年前に馬車の事故で亡くなった時も、公爵夫妻と愛妾の三人でいたのだ。

「俺の帰りを待たなくてもいいと言っているだろう。遅くまで起きていると、大きくなれないぞ」

「でも、兄様とお話ししたかったから」

「しょうがない奴だな。着替えを済ませるまで待っていられるか?」

「うん! 今まで待ってられたんだもん、平気だよ!」

「では、部屋で待っていてくれ。王都で土産を買ってきたんだ」

「わあい!」

ラークがグランツに似ているのは黒髪くらいで、愛嬌のある優しい顔立ちも、透き通った緑の瞳も似ていない。

ふたりはよく親子に間違われた。年齢もあるが、グランツが兄というよりも父のようにラークと接するからである。

それは彼が弟の後見人として、家を預かっている状況にも大きく関係していた。

グランツは馬上で剣を振るほうが性に合うこともあり、ラークが成人してからは屋敷の全権を譲るつもりでいる。本妻の子なのだから当然だろうとグランツ本人は思っているが、ラークはいつまでもグランツに甘えていたいようで、この話をすると渋い顔をする。

弟が再び自室へ駆けていくと、ミディイルを厩番《うまやばん》に預けた執事が戻ってきておっとりと言った。

「早くお支度を済ませたほうがいいでしょうな。日中の乗馬でお疲れでしょうから、すでに限界かと思われます」

「汗ぐらい流していきたかったが、そういうことなら先にラークの相手をしに行くか」

そう言ってグランツは弟のもとへ向かったが、執事の言葉は正しかったようで、すでに彼の弟はソファで船をこいでいた。

「話は明日の朝食時にしようか。今日はもう寝なさい」

「今日ね……馬……速歩《はやあし》で……初めて……」

グランツは、半分寝ながら話そうとする弟の頭を撫でてやった。

王都で購入した菓子をテーブルに置き、まだまだ成長途中の小柄な身体を軽々と抱き上げ、ベッドまで運ぶ。

高身長で肩幅も広く、体格のいいグランツと比べると、ラークはあまりにも小さく貧弱だ。だからか、グランツもつい過保護に接してしまう。自身が八歳だった頃は、すでに剣を握って馬を走らせていたことを考えると、あまりにも幼く見えるのだ。

「僕、まだ眠くないよ……」

「また明日聞く。……おやすみ、ラーク」

ラークはがんばりたかったようだが、五つ数える間もなく寝息を立て始めた。

グランツはベッドの端に座ると、しばらく弟を見つめてから音を立てないよう部屋を出ていった。

廊下に出ると、先ほどグランツを出迎えた執事が待っている。

「どうかしたのか？」

「今日もまた、ミディイルと魔女のもとへ向かったのですね」

高齢の執事はグランツが幼い頃から、ノイフェルト邸で働いている。それもあって、この屋敷で唯一、主人のグランツに遠慮をしない。

「ミディイルの蹄に煤の森の土が残っておりました。あれほど、魔女のもとに通うのはおやめくださいと言いましたのに」

「彼女は魔女と呼ばれているだけで、実際は違う」

自室へ向かうグランツの声は硬いが、そこに怒りや苛立ちはない。

魔女とグランツの逢瀬を知る人々の忠告は、すべて彼を心配してのものだとわかっていたからだ。

グランツは自室にたどり着くと、足を止めて執事を振り返った。その口もとには困ったような笑みが浮かんでいる。

「今日、殿下にもまた言われてな。俺はそんなにおかしくなったように見えるか？」

「以前のグランツ様ならば、ありえないことですから。女性の顔と名前を覚えるよりも、馬を見分けるほうが簡単だと言い放った時はどうしようかと……」

「いつの話をしているんだ。今はさすがにわかるぞ」

それこそ、グランツがラークと同じような年齢の頃の話である。

こうしてちょくちょく未熟だった過去を持ち出されるせいで、グランツはどんな敵よりも〝じいや〟を強敵と見なしていた。

「話してみればわかると思うんだが。彼女はとても優しくて温かい人なんだ」

昼間に会ったばかりだというのに、もうシエルに会いたくなっている。

戸惑う彼女に対し、自分の行動がいささか強引すぎるとはグランツも思っていたが、好きなものは好きなのだからしかたがない。

それに、彼には恋愛における駆け引きを学んだ経験がなかった。騎士団を率いて戦う時と同じく、基本的には攻めの姿勢で生きているのも原因のひとつだ。

つまるところグランツは、非常に恋愛不器用なのである。

「それになんといってもかわいらしい」

ずっと警戒していたシエルが、初めて自分から触れてきたのを思い出し、グランツの胸がぎゅっと締めつけられる。

シエルに触れられた服にぬくもりが残っている気がして、洗い清めたくないと思ったのは言わないでおいた。

「その方が魔女でなければ、私たちも喜んでお迎えいたしましたのに」

「だから、彼女は魔女ではないんだ」

わかってほしいという気持ちはありつつも、グランツは自分が伝えるだけでは足りないのだと理解してもいた。

「ですがその女性のせいで、グランツ様が国境から離れる時間が増えました。それが策略によるものではないと、どうして言いきれますか？」

「今まで俺ひとりに依存してきた部分の改善につながっている。ここはもう、俺がいなければならない場所ではなく、俺がいなくても守られる地に変わった」

責任感の強いグランツはなにかと自分ひとりで進める傾向にあったが、それもシエルとの時間を捻出するうちに改めるべき点だと気づけたのだ。

グランツへの絶対的な信頼と統制は重要だが、逆に言えばグランツさえいなければ隙になりかねないとも言えてしまう。それは騎士団の在り方として正しくないと、グランツはシエルと過ごす時間のおかげで理解したのだった。

「最近、砦《とりで》のほうが騒がしいと伺っています」

「ああ、把握している」

執事が言うのは、西の国境に位置するケベク砦のことだ。

「己の責務を忘れているわけじゃない。……心配をかけてすまないな」

まだ話し足りない様子の執事をかわして部屋に入り、ようやくひとりになる。

（セニルースの本当の聖女はシエルだろう）

扉に背をもたれさせ、天井を見上げたグランツは、シエルの境遇を振り返って顔をしかめた。

（彼女は瀕死の人間を、傷ひとつ残さず癒やす力を持っている。それほどの強い魔力を持っているからこそ、周囲の人間はずっと利用し続けてきたんだ。両親も王女も、あたり前のように彼女の自由を奪って。だから彼女は、他人を警戒する割に疑うことを知らない……）

シエルとの距離を縮めるのは非常に時間がかかる。今も心を許してくれているとは言いがたいが、彼女はグランツを拒まずにいつも出迎える。

（人恋しいのか、それとも……）

『また来てくださいますか』と不安げに言ったシエルが脳裏によみがえる。

（彼女は自分を本当に魔女だと思っている。俺が言うような聖女ではないと明かしたから、もう会えないと思ったのだろうが……）

ちりっとした痛みを胸に感じ、グランツは重苦しい息を吐いた。

（見くびらないでくれ。俺が君を好きでいる理由は聖女だからじゃない。きっかけは魔法を扱っている姿だったかもしれないが、飾らない君を見てもっと惹かれたんだ）

それをシエルに言い聞かせても、彼女はおそらく信じきれないだろう。

自己評価が低いせいか、感謝や褒め言葉に対して戸惑いを見せるところを何度も目にしたからだ。

グランツも女性を相手にうまく言葉をつくるのが得意なほうではなかったから、どうすれば彼女を安心させてやれるのかが思いつかない。

不甲斐《ふがい》ない己をもどかしく思うも、今はゆっくりと距離を縮めて心を開いてもらうほかに方法が見つからなかった。

それにグランツはまだ、シエルについて掴みきれていない部分がある。

警戒心があるのかないのかわからない言動。他人を怖がっているようなのに、彼女は時に驚くほど深くまでグランツを受け入れた。

グランツにとってうれしいことのはずだが、彼女の無防備な姿に対しては強い不安を覚える。

彼女は望まれたら応えてしまう受動的な性質を持っている、とグランツは思っていた。シエルの話を聞く限り、環境によってつくられたものだろう。

自我が薄いのではないか、自分というものが希薄なのではないかと思うほど、彼女はグランツの願いを受け入れようとする。

彼が強く出ていないから穏やかな関係をはぐくめているのであって、もしも強引に迫ったらどうなるのか。おそらく、怖がりながらも受け入れかねない。

(今は俺が抑えられても、いつか別の人間が彼女を殺すよう命じられるかもしれない。その時がきたら、彼女は自分の死までおとなしく受け入れかねん。そうなる前に手を打たねばならないが……どうしたらいいものか)

グランツがどんなに声をあげても、本人があのままではなにも変わらない。かといって、彼女に変わるよう伝えるつもりはなかった。

もうシエルは十分傷ついた。グランツはこれ以上、彼女につらい思いをさせたくなかったし、許されるなら今すぐにでもシエルを屋敷に迎え入れ、粗末な生活から解放してやりたかった。

しかしグランツにもノイフェルト公爵として、そしてカセル騎士団の団長としての立場がある。大々的に彼女を出迎えれば、今よりも『魔女に魅入られた』と言われかねず、きなくさい動きをする貴族たちや、他国が攻め込む隙になりかねない。そうなった時に一番傷つくのはシエルだ。

自身の恋愛を成就させるよりも、彼女が本来与えられるべき日常の喜びや幸せを取り戻したいというのが、今のグランツの思いだった。

たとえ本物の聖女だと周知されなくても、魔女ではないとわかってもらえさえすれば十分だが、その方法が考えつかない。

（戦場なら大将の首級をあげれば片がつくのにな）

いつも不安そうな彼女を幸せにするために、グランツは公爵としての仕事をこなしながら頭を悩ませた。

恋愛不器用すぎるふたり

家にグランツを招き入れて以来、少しだけふたりの関係は変化した。

まず、グランツは外で茶を飲まなくなった。今は室内で、土産として用意された菓子を味わいながら、ゆっくり談笑を楽しんでいる。

さらにシエルは自分からグランツに近づくようになった。

今までは距離が近づくと無意識に足を引いてしまったり、身体をこわばらせたりしていたのがなくなったのだ。

ただしこれはふたりにとっていいことかと言われると、怪しい部分がある。

シエルも気をつけなければと注意してはいるのだが、人と接してきた経験が少ないために、どうもグランツからすると距離の詰め方が急すぎるようだ。

たとえば、グランツがイルシャの毛を梳いている時。ミディイルに使うブラシを器用に扱っていると、シエルは必ずグランツの隣に向かう。

そうして彼のしていることを近くで見ようとすると、決まってグランツはうろたえる様子を見せた。

「どっ、どうかしたのか？」

　やや声が上ずるが、シエルは気にせずブラシを持った彼の手をじっと見つめる。

「イルシャはいつも気持ちよさそうですよね」

「ああ、そうだな」

「ミディイルもミュンも、グランツ様に触れられると喜びます」

「動物の扱いに慣れているからだろう。といっても、主に馬なんだが」

　落ち着きを取り戻しながら言うグランツだったが、シエルが顔を上げたせいで、また鼓動を高鳴らせる羽目になる。

　シエルはグランツを見上げてから、前触れなく彼の手を掴んだ。

　当然、グランツは息をのんで全身をこわばらせる。

「っ!?　な、なんだ!?」

　これが戦場ならば、敵に捕らえられることは死を意味する。

　騎士のグランツは敵の拘束を解く方法を数多く知っているし、それを実行できるだけの力を持っているが、シエルに対しては信じられないほど無力だった。

　かわいそうに、グランツは完全に硬直してしまう。

　しかしシエルは掴んだ彼の手を自分の頭へ引き寄せると、まるで撫でるように髪の上をすべらせた。

動物用のごわごわしたブラシが、彼女のくすんだ銀髪をくしけずる。

グランツの顔には『俺はなにをさせられているんだ』と書いてあったが、シエルはぎこちない手つきでその行為を繰り返した。

「たしかに気持ちがいいかもしれません……？」

ぽつりと彼女が言ったのを聞いて、グランツの止まっていた思考が動きだす。

「貴女もブラシをかけてほしかったのか？」

もしもこの言葉を彼の親愛なる主君が耳にしたら、もう少し言い方があるだろうと頭を抱えたに違いない。

シエルはグランツの手を自身の頭にのせたまま、こくんとうなずいた。

「グランツ様にしていただけたら、私も気持ちいいのかと思ったのです。でもミュンのように、お腹を見せて喜ぶほどでは……」

言いかけたシエルが、はっと申し訳なさそうな顔をする。

「あ、いえ、グランツ様が悪いわけではありません。私の感じ方の問題です」

なにをどう指摘するか悩んだらしいグランツは、ひとまず彼女の好きにさせていた自身の手を取り戻した。

「人間を相手にやるのなら、専用のブラシが必要だろう。そうすれば、その……。き、気持ちよくなれるのではない、かな」

言い換える言葉が動揺のせいで思いつかなかったためか、やけに意味ありげな言い方になっている。

シエルはそこまで読み取れず、素直にグランツの好意を受け取った。

彼女から自由を取り戻したことでほっとしたグランツだったが、シエルははにかみながら彼の手を見つけて言う。

「ブラシがなくても、グランツ様の手は温かくて気持ちがいいです」

「……くっ」

顔をほころばせたシエルとは対照的に、グランツは限界を感じてその場から一歩引いた。

しかし、シエルは止まらない。

「また触ってもいいでしょうか？」

グランツが卒倒しなかったのは、たぶん奇跡だった。

「だっ、だめ——ではないと思……いや、だめなのか……？」

だめだと言われた瞬間、シエルの眉が残念そうに下がったのを見て即座に訂正するも、グランツの本能は『断ったほうが理性的な男でいられるぞ』とささやいている。

悩みに悩んだ末、グランツは深呼吸してから言った。

「私の心の準備ができてからならばかまわない」

これならばもう情けない反応をせずに済むと安心したグランツに、シエルは真面目な顔でうなずきを返してから言った。

「わかりました。ではもう一度触らせてください」

「えっ」

事前に許可をもらえばいいのだと判断するも、グランツは目に見えて慌てふためいている。

(グランツ様にお願いをするのは難しいわ)

シエルは自分がいつもお願いをされてきた側だから、グランツを困らせてしまうのだと思っている。

実際はまったく違うのだが、ふたりはいつまでもすれ違ったままだった。

やがて煤の森に本格的な夏がやってきた。

基本的には寒暖差の少ない地域だが、夏ともなるとやはり暑い。

そのせいで、最近はイルシャとミュンに元気がなかった。彼らのふわふわの黒い毛皮は、太陽の光をめいっぱい吸収するようだ。

ミディイルにちょっかいをかけに行くことも億劫になっている様子のミュンが、シエルの手からこぼれ落ちる魔法の水を浴びて、弱々しい鳴き声をあげる。

「こんなことなら、川か泉のそばに住めばよかったです」

「いや、水辺は獣が集まりやすい。ここがちょうどいいと思う」

「グランツ様にもお会いできましたもんね」

「えっ、あ……そ、そうだな」

グランツはシエルの不意打ちにうろたえながら、びしょびしょに濡《ぬ》れたミュンの耳の後ろをかいた。いつもならきゅうきゅう鳴いて甘えるのに、今はぐったりしている。

イルシャも同じ状況で、娘に冷たい水の大半を譲りながらも、荒い息をこぼしていた。

「もう少し領地から近ければ、氷を持ってこられたんだが……。氷の魔法は扱えないのか?」

「どうやればいいのでしょう。いまいち想像できません」

重ねた手のひらから水をしたたらせ、シエルは困った様子で言う。

「これも理解してやっているわけではないのです。水があればいいと思うから出せているだけで。……いえ。ミユンが望んでいるから、というほうが近いかもしれません」

「理屈で魔法を使っているわけではないのだな。貴女の生まれ育ちを考えれば無理もないか……。いつか師をつければ、ほかにも様々な魔法を扱えるようになるのだろう」

「その時はグランツ様に見ていただきたいです」

「……ありがとう」

微笑みながら言ったシエルだが、グランツは彼女からそっと視線をそらした。彼の赤らんだ頬にシエルが気づかなかったのは、果たしてよかったのかどうか。

と、その時。ぐるるとイルシャが喉を鳴らした。

「どうかしたの？」

魔獣との間に言葉はないものの、簡単な意思疎通であればできる。主にものを運んだり、移動したりといった時に、イルシャのほうで察知して動く程度だが。

シエルが魔法の水を止めてイルシャの鼻に手を伸ばす。

その瞬間、イルシャは大きな口をぐわっと開いた。そして彼女の服を噛み、勢いよく放り投げる。

「きゃっ⁉」

すぐにグランツが宙に浮いたシエルを抱き留めようとするが、それよりも早くイルシャが彼女を自身の背で受け止めた。

まるで騎乗するような形になったシエルは、両腕を広げたままぽかんとしているグランツを申し訳なさそうに見下ろす。

「私を乗せたかったみたい……です?」

「そうか、それならいいんだ。なにが起きたのかと思って、咄嗟に身体が動いてしまった。イルシャが君を傷つけるはずはないのにな」

グランツはシエルに優しく言った後、口もとに笑みを浮かべながら、イルシャにとがめるような視線を向けた。

「最初から受け止めるつもりだったのなら、先に教えてくれてもいいだろう?」

ふん、とイルシャが鼻を鳴らして、転がっていたミュンも口にくわえた。

そのままグランツを振り返り、『ついてこい』と視線を送ってから歩き出す。

「先に行ってくれ。ミディイルならすぐに追いつく」

「なにかあったら声をあげますね」

「ああ、頼む。なにもないのが一番だが」

イルシャはシエルを背に乗せ、ミュンをくわえたまま足を速め始めた。

熱がこもったふかふかの毛並みを軽く掴み、シエルが背後を振り返る。ミディイルに騎乗したグランツが追ってくるのを見て、ほっと肩の力を抜いた。

(どこへ行くのかわからないけど、グランツ様がいてくださるなら大丈夫)

すっかりグランツを信用しきったシエルは、追いかけてくる姿に向かって軽く手を振った。


シエルを乗せたイルシャは、しばらくして美しい泉のほとりで立ち止まった。

薄暗い煤の森には似つかわしくない、どこか神聖な雰囲気を漂わせる清らかな水辺だった。あまり広くはないが、その代わりに中心部が深くなっているようだ。

いつもシエルが魔法ではまかなえない量の水を必要とする時に来る泉ではなく、まったく別の場所である。

イルシャが地面に腹をつけ、伏せの体勢になる。すでに母親から解放されたミュンはさっそく泉に駆け寄っていた。

「ミュン！　勝手に飛び出しちゃ――」

シエルが止める前に、真っ黒な毛玉は冷たい泉に向かって勢いよく飛び込んだ。

ぱしゃぱしゃと子魔獣が水に喜ぶ音が辺りに響く。

涼しげな光景を見たグランツが苦笑して言った。

「危険はなさそうだな」

「そうみたいですね。……もう」

シエルがあきれ交じりに息を吐き、娘と違って落ち着いた様子のイルシャに話しかけた。

「こんな場所を知っていたのね。教えてくれてありがとう」

イルシャは大した反応を見せずに鼻を鳴らした。いつまでも背に乗っていないで、さっさと降りろと言っているように見える。

シエルは自分で降りようとして、思っていたよりもずっと遠い地面に少しためらった。

「グランツ様、手を貸していただけませんか？」

「手を……？　そ、そうだな」

どんな戦場でもうろたえずに団員を鼓舞してきた男が、まさかひとりの女性にここまで動揺しているとは、誰も思わないだろう。

グランツは自分の手に視線を落としてから、妙にぎこちなくシエルへと差し出した。

「ありがとうございます」

シエルがグランツの手を取って、そろりとイルシャの背から降りようとする。

しかし足が地面につく瞬間、おとなしくしていたイルシャが突然身体を揺らした。

「きゃっ」

体勢を崩したシエルが、勢いよくグランツのほうへ転がり込む。

咄嗟に抱き留められたおかげで、彼女は怪我をせずに済んだ。

「びっくりしました……」

広い胸と温かな体温がシエルを包み込み、自然と彼女の鼓動を高鳴らせる。

（グランツ様は私よりずっと大きい方なのね。わかっていたつもりだったけど……。なんだかとてもどきどきするわ）

しかしシエルは、抱き留めてくれたグランツの反応がいつまで経ってもないことに気づき、不思議そうに顔を上げた。

そこには、自国の人間どころか、他国にまで名が知れ渡り、恐れられているカセル騎士団長の――真っ赤な顔があった。

「グランツ様？」

「あっ、いや、その、なんだ。すまない」

「どうして謝るのですか？」

「それは、ええと」

よくわかっていないシエルは、まだグランツの腕の中に納まっている。

思いがけず好きな女性を抱きしめてしまったグランツは、今、まったく頭が回っていなかった。

「も……もう少し、離れてもらえる……だろうか」

「はい」

そう言ったものの、シエルは離れる前にまたグランツを見つめる。

「こうしているのはいけないことですか？　もしグランツ様さえよろしければ、もうちょっとだけ……」

「ぐっ」

なにかを押し殺すような鈍いうめき声が聞こえ、シエルは首をかしげる。

グランツの顔は先ほどとは比べものにならないくらい、赤く染まっていた。ご丁寧に耳まで色づいている。

(私、もしかしておかしなことを言ってる？)

ほんのり思考を巡らせたシエルだったが、グランツの腕のぬくもりからは離れがたくて、そのまま彼の腕の中に身を落ち着かせた。

（理由をお伝えすればいいかもしれない）

そういう問題ではないのだが、シエルにはわからなかった。

「グランツ様に触れると、なんだかうれしいんです。だからもう少しだけこうしてくださるとありがたいのですが……。今日は暑いですし、ご不快でしょうか？」

「あまり……私を試さないでくれ……」

「え？」

グランツの腕がシエルの背に触れるか触れないかといった位置でさまよう。彼女を抱きしめるか迷っているのは明らかだったが、結局なにもせずに終わった。

それどころかグランツはシエルの肩にそっと手を添え、彼女をやんわりと引きはがしながら深呼吸する。

「……貴女は正直で、素直で、純粋すぎる」

「それはあまりよくない意味でしょうか」

「少なくとも私にとっては。……だが、もっとこうしていたいという言葉は本当にうれしく思う」

「よくないことなのに、うれしいのですね」

「……貴女に獣《けだもの》だと思われたくないんだ」

「獣？」

グランツは鉄の理性をもって誘惑を断ち切り、なんとかシエルと距離を取った。

言動の意味を理解できず、シエルは困ったような表情を浮かべる。

「最近の貴女はあまりにも……あまりにも、私によろしくないな。今まで、こんなに理性を試された経験はない」

グランツがかなり言葉を選んでいるのはシエルにもわかった。

彼はシエルに遠回しながらも言いたいことを伝えると、ようやく呼吸ができるといったふうに息を吐く。

「すみません……」

「いや、悪いのは私なんだ。……このぐらい耐えられなくてどうする」

ぱちんと音を立て、グランツが自分の頰を両手で叩く。そして今のやり取りから逃げるように、泉のほうへ歩いていった。

清らかな水を湛えた泉の淵に膝をつき、はしゃぐ子魔獣に邪魔されながら手を浸すと、波紋がゆっくりと広がる。

グランツは頭を冷やすために、水をすくって顔を洗った。

シエルもちょこちょことグランツの隣に座り、彼のやることを真似して水に触れる。

「冷たくて気持ちいいですね」

「そうだな。暑さをしのぐにはちょうどよさそうだ」

いくぶん、冷静さを取り戻したグランツが言う。

少し考えたのち、シエルは立ち上がってワンピースの裾を膝までまくると、泉の中に足を踏み入れ、ひんやりした心地よさを存分に感じてほうっと息を吐いた。

「ミュンも飛び込みたくなるわけです。とっても涼しいですよ」

グランツは彼女がワンピースの裾に手をかけたあたりで、素早く背を向けていた。

その判断が彼にとって正しかったのは説明するまでもない。

「気安く肌を見せるんじゃない……！」

急に叱られたシエルは、水に足をつけたまま驚いて立ち尽くしてしまった。

「いけないことでしたか……？」

不安になったシエルは、先ほどと同じくグランツに問う。

「いつもイルシャたちと水浴びをするんです。だからいいかと思って……」

「ほかに人がいなければかまわないんだ！　だが、今は私がいるだろう……⁉」

グランツにもシエルがなぜこんなに無防備なのか理解できている。

彼女の育った環境は特殊で、異性の前で素肌をさらしてはいけないことも、恋人ではない相手に気を許しすぎてはいけないことも、学ぶ機会がなかったのだ。

グランツは額に手をあててから立ち上がった。

なるべく彼女の素肌を見ないようにしながらシエルのもとに向かうと、不安そうな彼女を見下ろして言い聞かせる。

「なぜ人は服を着るのだと思う？　暑さや寒さから身を守るためだけではなく、肌を見せないためだ。貴女はとてもきれいな人だから、悪人がよからぬことを考えてしまうかもしれない」

シエルはおとなしくうなずいた。そして、戸惑った表情を浮かべ、つまんだままのワンピースに視線を向ける。

「グランツ様にはご迷惑をおかけしてばかりですね。申し訳ございません」

「貴女が悪いわけではない。疎いところがあるのなら、これから学んでいけばいいだけだ。……私も耐えよう」

「なにを耐える必要があるのか、伺ってもよろしいでしょうか？」

「私も貴女に関しては悪人になる可能性があるということだな」

それを聞いたシエルがびくりと肩を跳ねさせる。

「グランツ様はお優しい方です。悪い人にはなりませんよね？」

「信用してくれるのはうれしいのだがな……」

ふたりの様子を観察していたイルシャが、なにか言いたげに尾を振った。

びしょびしょのミュンが駆け回り、グランツの足もとまで来て彼の服を引っ張る。

「きゅうっ！　きゅっ！」

「ほら、ミュンも岸に上がれと言っている。水に触れるのは手ぐらいにしておこう」

「せっかく気持ちいいのに残念です。いつか、グランツ様の前で水に入ってもよくなる日はきますか？」

それがどういう意味を持つのか、理解してしまったグランツがうろたえる。

「それはどういう意味で言って……⁉　いや、貴女の言うことに深い意味はないのだろうな。大丈夫だ、わかっている。わかっているんだが……！」

「やはり難しいのですね」

「ぐっ……努力しよう……。貴女がそうしてほしいと願うなら、私は……っ」

そこまで言ったグランツの耳が一気に赤く染まる。

「やめろ、余計なことを考えるな……！」

どうやら彼は、よからぬなにかを思い浮かべたらしい。

返答した時のグランツの反応はともかく、シエルは彼の言葉を聞いてほっとした。

たとえ足だけでも他人の前で肌をさらすのは好もしくないようだが、場合によっては許されるらしいと判断し、やわらかな草の上に座りながらグランツを見上げる。

「もっと仲よくなればいいのでしょうか」

「……そうだな。そういうことになると……本当にそうか？」

グランツがシエルの隣に座りながら頭を抱える。

その時、ミュンが毛にたっぷりと水を含んだ状態で彼の膝の上にのり、勢いよくふるふると身体を震わせた。

「うわっ」

「ミュン！」

グランツとシエルが同時に抗議の声をあげる。

「きゅ？」

愛らしい声で鳴くと、ミュンは小首をかしげた。

思う存分、水気を振り払ったからか、空気を含んだ黒い毛がもふもふになっている。

手で撫でつけてやらなければ、草や葉にまみれてしまいそうだ。

「きゅうっ」

ミュンは『どう？』と満足げな顔をして、グランツの膝の上をぴょこぴょこ跳ねた。

「子供とはいえ、いつまで経っても落ち着きがないな」

苦笑したグランツは、ミュンのせいでびしょ濡れになっている。

もっとも、頭を冷やしたいと思っていた彼にとってはありがたい冷たさだった。

シエルも巻き込まれて少し濡れてしまったが、彼女の思考はグランツとの水浴びでいっぱいになっている。

（いつかグランツ様と……）

最初の頃は彼のことが怖かったシエルも、今ではすっかり心を許している。

グランツは孤独だったシエルの話し相手になり、自領や王都から見たことのないものや、食べたことのないものを持ってきて、いろいろなことを教えてくれた。

優しく接してもらった経験のないシエルは、まるで壊れもののように扱われると、空でも飛んでしまえそうなほどふわふわした気分になってしまう。

それになにより、グランツに見つめられ、触れられると温かな気持ちになった。

「あの、さっきのお話なのですが」

「ん？　……まさか私の前で水浴びをする話か？」

「はい。どうすれば仲よくなれるのかをお聞きしたいです」

心から距離を詰めたいと願って尋ねると、グランツが困った顔をした。

「こうして話しているだけでいい。特別なことをする必要はないと思う」

「グランツ様に触るのは、特別なことに入るでしょうか。もしそうでないなら、触らせてほしいです」

ぐ、とグランツが言葉に詰まるも、シエルの期待に満ちた視線には抗えなかった。

「少しだけなら……」

「ありがとうございます」

シエルのやわらかく小さな手がグランツの手に触れ、ぬくもりを確かめる。

(本当に大きい手……。どうしていつも私に触れてくださらないのかしら。さっき、イルシャの背を降りる時に触れてくださってうれしかったのに)

長年、剣を握った手は武骨で硬い。それがまた物珍しく映って、シエルは楽しそうにグランツの手を触った。

もしも彼女が手ではなく彼本人を見ていれば、ひどく緊張しているのがわかっただろう。

「こんなものに触れて楽しいか……？」

「はい、とても。自分以外の手には触れたことがないので、新鮮です」

「……ああ、そういう。どうして最近、私に触れたがるのかわからなかったが、そういった理由からか。ようやく他人に興味を持つところまで来たということなのだな」

グランツの中で、シエルは子魔獣のミュンとあまり変わらない存在だ。

警戒心が強く、それでいて好奇心もあり、かまってくれる相手にまとわりつく。

ミュンはよくグランツの手を甘噛みしたが、今のシエルの行為もそれと同じなのだろう。

そのように行動はやや小動物に近いシエルも、最近はずいぶんと人間らしい豊かな表情を見せる瞬間が増えた。

シエルに自覚はないが、特にグランツが訪れた時にうれしそうな顔をする。シエルにもミュンやイルシャのような尾があれば、勢いよく振っていたはずだ。

「グランツ様の手はどうしてこんなに硬いのでしょう？」

「貴女の手がやわらかすぎるんだ」

「そういうものですか？」

もっとグランツに触れたいという気持ちを抑えられなくて、だんだんとシエルの触れ方に遠慮がなくなる。

気づけばその手は、グランツの腕や肩をなぞっていた。

「胸も硬いですよね。私と全然違って」

シエルは小さな胸の高鳴りを感じながら、グランツに触れて幸せに浸っていた。

その横ではグランツが必死に理性と戦っていたが、初めての触れ合いにはしゃぐシエルは気づかない。

「どうして私と全然違うのかしら……」

彼は紳士的でいるために、ぐっと歯を食いしばって耐えていた。

そしてなんとか冷静さを保ちながら、シエルに応える。

「それは単純に男女の身体の違いではないだろうか」

「どきどきしているのは同じなのに、不思議です」

グランツは一瞬息をのむも、少し安心した様子を見せた。

「どうかしましたか？」

「……いや。違いを確かめてほしいから触ってくれと言われたら、どうしようかと思っていたんだ。貴女なら言いかねないと思っていたから」

確かに自分ばかりではずるいかもしれない、とシエルは目を瞬かせる。

「グランツ様も私に触りま――」

「触らないぞ」

触りますかと聞く前に断られ、シエルは頬を染めながらはにかむ。

「それはちょっと、恥ずかしい気がしますものね」

グランツが目を見開いて天を仰ぎ、シエルに触れられていないほうの手でこぶしを握りしめた。いろいろなものをこらえているのは明らかだったが、彼はなにを我慢しているのかを口にしない。

（断られてしまったけど、触れてほしい。グランツ様と同じくらい……ううん、それ以上にこの胸の高鳴りを知ってもらいたい気がするから……）

シエルはふうっと息を吐くと、グランツに触れるのをやめて彼の肩にもたれた。

「グランツ様はいつも、私にとてもよくしてくださいますね。ご迷惑ばかりおかけしているのに、ありがとうございます」

「迷惑などと思ったことは一度もない。……貴女が好きだからな」

「好きというのは、どういう気持ちなのでしょう。私もグランツ様を好きになりたいです」

ひゅっとグランツの喉が不自然に鳴る。

「それは……大変ありがたいが、私が教えることではないように思う。いつか貴女もその瞬間が来ればわかるはずだ。私がそうだった」

シエルはグランツにもたれたまま、彼の話に耳を傾けた。

「最初は、部下を助ける貴女の姿に心を奪われて好きになった。こうして過ごすうちに、少しずついろんな一面を知ってもっと惹かれた。やや無防備すぎるとは思うが、そんなところも……かわいらしくて愛おしい」

「好きだと言われるとうれしいです。どうしてでしょう。ラベーラ様に言われても、こんな気持ちにならなかったのに」

大好きな親友と呼ばれても、グランツにささやかれた時のような温かく浮ついた気持ちは芽生えなかった。

「きっとグランツ様が特別なのですね。私を好きになってくださってありがとうございます」

「……ああ」

グランツが居心地悪そうに身じろぎをして、シエルが寄りかかっているほうの腕を軽く持ち上げた。宙をさまよった手は、ついに観念して彼女の肩を抱き寄せる。

「これからもこの気持ちは変わらない」

「はい」

腕の中にいるだけで、幸せな思いが込み上げる。

シエルは目を閉じてグランツの体温と、かすかに伝わる鼓動に集中した。

（この気持ちが、グランツ様と同じ〝好き〟だったらいいのに）

しばらくシエルはグランツに抱き寄せられたまま、甘い気持ちに浸っていた。

やがてとろとろと眠りが迫ってきて、目を開けていられなくなる。

それに気づいたのか、グランツがシエルの髪を撫でながらささやいた。

「おやすみ、シエル。いい夢を」


目を覚ましたシエルは、自分の身体にかけられた上着に気がついた。

まだグランツの肩にもたれたままだが、彼はシエルを起こさないようにしながらミュンの遊びの相手をしてやっている。

「きゅっ」

グランツが投げた木の枝をくわえたミュンが、得意げに鳴く。

「こら、静かにしろ。シエルが起きてしまう」

「きゅう……」

彼の言葉を理解したのか、ミュンは小さい声で返事をすると、彼の手に木の枝を落とした。

母親のイルシャは泉のそばでまどろんでいるようだ。

そよそよと涼しげな風が吹き、夏の暑さを追いやってくれる。

どこからともなく聞こえる鳥の鳴き声は軽やかで、ここが人々の恐れる煤の森だということを忘れさせてくれた。

（こんなひと時を過ごせたのは初めて）

グランツが自分に与えてくれたものの大きさを再度実感し、シエルは無意識に微笑しながら身じろぎした。

「おはよう」

シエルが起きたことに気づいたらしく、グランツが微笑みかける。

「おはようございます。私、眠ってしまったんですね」

「疲れていたのだろう。まだ眠いのなら、好きなだけ枕にしてくれ」

グランツに肩を示され、シエルは恥ずかしくなってうつむいた。

「上着までお借りしてしまいました。寝顔をお見せするつもりはなかったのですが」

「足を見せるのは平気なのに、寝顔は恥じらうのか。貴女は予想がつかなくてかわいいな」

てっきり上着を回収するかと思いきや、グランツはシエルの身体にきちんとかけ直した。

「もう眠りません。グランツ様と過ごす時間が減ってしまいますから」

「今日は少しゆっくりしていくつもりだ。夜の仕事を免除してもらったからな」

「大丈夫ですか？　騎士団の大切なお仕事なのでは……」

「夜は家の仕事だから問題ない」

答えてから、グランツは苦笑する。

「それに、今日のためにやることを詰めておいた。仕事をせずに遊び歩いているわけではないから、安心してくれ。貴女に恥じない男でなければ、会いに来る資格などないだろう？」

「資格がなくてもかまいません。グランツ様ならうれしいです」

ほわっとした笑みを浮かべたシエルを見て、グランツが不自然に咳払いをする。

「まあ、なんだ。問題がないよう完璧を心がけているから、心配しなくてもいい」

「よかったです」

そう言ってからシエルは再びグランツの肩にもたれた。

ぎょっとしたグランツだったが、そのままシエルの好きにさせる。

眠る前と同じく、ふたりの間に穏やかな沈黙が下りた。

（また眠ってしまいそう。不思議ね。最初はグランツ様を恐ろしい人だと思ったのに……）

出会いたての頃は、相手の出方を探ってばかりで気まずさを感じたこともあったが、今は会話をしていなくても気にならない。それどころか、安心感すら覚えた。

「貴女といると、いつも穏やかな気持ちになる」

不意にグランツが口を開き、シエルは軽く顔を上げた。

横顔から彼の表情はうかがえないが、声は静かで優しい。

「初めて戦場に出てから、私はずっと戦いの中で生きてきた。守るべきものを守るために多くの敵を屠《ほふ》ってきたことを後悔はしていないが、時々夢でも戦場に立っている時がある」

シエルの視線に気づき、彼女のほうを向いたグランツの顔にほんの一瞬苦いものが交ざった。

「なかなか貴女に触れられなかったのも、それが理由のひとつでな。女性に気安く触れるべきではないというのもあったのだが……」

グランツが自身の手を見つめ、こぶしを握る。

「人を斬る感触に慣れ、血のにおいが染みついた手で触れていいのかわからなかった。貴女がきれいな人だと知れば知るほど、触れてはいけない気がして」

心の奥のやわらかい部分を明かしたからか、グランツの声はいつもより小さい。

（そんなふうに思っていたの……）

なにも知らず、なぜ触れてくれないのだろうと思っていたことを恥じる。

（私、グランツ様のことをまだちゃんと知らないのね。もうずいぶんと長く過ごした気がするのに）

シエルは握ったままのグランツのこぶしをそっと手で包み込んだ。

その感触に驚いたグランツが目を丸くするも、シエルは目を伏せて言う。

「私はグランツ様の手が好きです。いろんなことができる素敵な手だと思います」

「他者を傷つけてばかりの手だ」

「私はあなたの手に一度も傷つけられていません」

再び顔を上げ、きっぱりと言いきったシエルは、いつもの彼女と違い強い意思を瞳に秘めていた。

グランツは、これまでに見てきたおっとりしたシエルと違う姿に気圧され、言葉を失う。

「イルシャが私を放り投げた時、すぐに助けようとしてくださいましたし、背中から降りる時にも受け止めてくださったでしょう。それから家具を作ってくれましたよね。

おかげで前よりもずっと過ごしやすい生活を送れるようになりました」

硬く握られていたこぶしがほどけると、シエルはグランツの指に自分の指を絡めた。剣を握り慣れた男の手と、戦いを知らないか細い女の手は、あまりにも違いが大きい。

「グランツ様の悪夢を癒やしたいです。たくさんの優しさをいただいているのに、なにもお返しできていないから……」

自分の無力さを悲しむシエルだったが、グランツはそんな彼女の頬を愛おしげに包み込んだ。

「かわいらしい寝顔を堪能させてもらっただけで十分だ」

シエルの顔がさっと赤くなる。

「そっ、それは忘れてください……！」

グランツは恥じらっているシエルに顔を寄せ、こつんと額を重ねた。

「貴女は本当に優しいな。好きになった自分を誇りに思う」

「グランツ様のほうが、私よりもずっとお優し――」

言いかけたシエルは、思いがけずグランツとの距離が近いことに気づいて唇を閉ざした。

（グランツ様のお顔をちゃんと見たのは初めてかもしれない）

切れ長の目は涼やかで、鋭く見えるのに温かさも感じさせる。彼がシエルにどのような感情を抱いているのかが、わかりやすく表れていた。

戦いの中で生きてきたと言うが、整った顔立ちは戦場よりも社交界が似合いそうな華がある。衣服を改め、髪を整えてそれらしい格好をすれば、誰もが振り返る貴族の男になるだろうというのは想像に難くない。

シエルはグランツが美しい女性の手を取って微笑みかける姿を思い浮かべた。知っている〝美しい女性〟がラベーラだったため、シエルの脳内ではラベーラとグランツが笑みを交わすことになる。

ぼんやりと頭の中で美男美女が像を結んだ時、シエルの胸に不快な痛みが走った。

シエルはグランツの隣にいるラベーラの姿を脳内から消して、痛みを遠ざけようとする。

（グランツ様がほかの女性といるところは見たくない……）

初めて出会った時は、血色の瞳を少し恐ろしく思った。

だが今、シエルを見つめるグランツの瞳は彼女に対する深い想いに揺れていて、恐ろしいどころか不思議と引きつけられる。

シエルはまるで夕焼けのような、少し切なさを感じさせる美しい色の瞳から目をそらせなくなった。

（いつもこんなふうに私を見つめていらっしゃったのかしら）

彼に何度も伝えられた〝好き〟という言葉がどういうものなのか、説明はできないまでも、なんとなく理解した気持ちになる。

シエルは無意識にグランツの肩口に手を添え、自分から顔を寄せていた。

そうすれば、今まで与えられたことのない彼のぬくもりを感じられる気がしてならなかったからだ。

グランツもシエルの後頭部に手を添え、彼女を自分のもとへ引き寄せようとした。

吐息が絡み、唇と唇の間で溶け合う。

しかしふたりの距離が重なる前に、イルシャがぐるると低いうなり声をあげた。

グランツがすぐに反応する。

「どうした？」

あと少しだったぬくもりが遠ざかり、シエルは残念な思いに包まれる。

グランツのほうが異変に対して敏感だった。

表情を引き締めて、愛用している腰の剣に手を伸ばすと、彼はちらりと離れた場所にいる愛馬を確認する。

ミディイルも落ち着かなげに耳を動かしていたが、イルシャのように鳴き声はあげなかった。息を殺し、主人の命令を待っている。

がさがさと木を揺らす影に気づき、シエルは上を指さした。

「あそこになにかいるようです」

木から木へと飛び移るそれは、子供ほどの大きさに見える。この場が煤の森である以上、人間の子供でないことだけはたしかだった。

「シエル、下がっていてくれ」

樹上に敵がいるならミディイルに騎乗しないほうが小回りが利くと判断し、グランツは足で地面を踏みしめた。

イルシャがうなりながら立ち上がり、先ほどシエルが示した樹上を警戒して、辺りをうろうろと歩き始める。

無邪気なミュンも異様な空気を察したようで、とととっと勢いよくシエルのもとに駆け寄った。

「きゅ……」

受け止めたシエルの腕の中にちんまりと収まり、母親と同じ瑠璃色の瞳を潤ませて、『なにが起きているの？』と不安そうに鼻を鳴らしている。

シエルはグランツに言われた通り、足を引いて一歩ずつ下がった。

目の前でグランツが長剣を抜き、鞘を地面に捨てる。まったく隙を感じさせない背中は、守るべきシエルと、いまだ姿を見せない敵に全神経を集中させていた。

（煤の森が危険だと忘れていたわ。いつもイルシャが魔獣を近づかせなかったし、グランツ様もいてくれたから）

シエルは腕の中で震える子魔獣をぎゅっと抱きしめ、息をするのも忘れて敵の出方を待つ。

やがて再びがさがさと樹上の葉が揺れたかと思うと、地面に小さな影が降り立った。

「ギイイイッ！」

見た目は猿のようだが、蛇の尾が背中で揺れている。ぞっとするほど青い顔には、黄色い目がらんらんと輝いていた。

鋭い爪が視界に入り、シエルはさらにきつくミュンを抱きしめる。

ふわふわの身体はかわいそうなぐらい震えていた。いつもは機嫌よく左右に揺れている尻尾も、今は力なくへたってしまっている。

（イルシャとグランツ様が傷ついたらどうしよう）

猿がすぐそばにいたグランツに飛びかかろうとするも、その前にイルシャが横から襲いかかった。

咄嗟の攻撃に対応しきれなかった猿が地面を転がると、グランツが剣を手に勢いをつけて踏み込む。

「くっ……！」

しかし、猿を両断すべく振り下ろされた剣は地面をえぐっただけだった。

猿は信じられないほど高く跳躍すると、長く細い爪をきらめかせてグランツを引き裂こうとする。

イルシャが再び飛びつこうとした瞬間、猿の爪を剣で受け止めたグランツがよく通る声で叫んだ。

「イルシャ、上だ！」

はっとして顔を上げたシエルは、そこに別の猿の影を見た。

「イルシャ！」

敵の仲間らしき猿がイルシャの隙を捉えて顔を引っかくのと、シエルが悲鳴をあげるのはほぼ同時だった。

グランツは猿を力任せに弾くと、次々に現れ始めた敵を睨《にら》みつける。いつの間にか十を超える敵が彼らを囲んでいた。

「はっ！」

「グギィッ！」

素早く逃げ回り、攻撃の隙をうかがう猿がグランツの剣に胸を裂かれ、耳障りな叫び声を響かせる。

美しかった泉に血しぶきが散り、清らかな水が赤く汚れた。

実力で騎士団長の座に上りつめただけあって、グランツの動きは洗練されていた。数が多くなったことで逆に隙が多くなったのか、一匹また一匹と猿が屠られていく。

イルシャも前足で猿を弾き飛ばし、頭を噛み砕いて敵を処理していった。

だが、複数の敵を連携の取れていないひとりと一匹で相手するのは難しく、グランツの背にイルシャがぶつかってしまったり、イルシャの鼻先をグランツの剣がかすめたりと、際どい瞬間が幾度も重なった。

シエルは危険な場面があるたびに目を閉じ、ミュンが離れてしまわないよう必死に腕に力を込めた。

母親がいかに強い獣でも、子供のミュンにはまだ戦いがわからない。狩りを学ぶほどの大きさもないミュンにできるのは、シエルの腕で震えていることだけだった。

「きゅう……」

怯えるミュンの頭をシエルがそっと撫でる。

ミュンはシエルの手に頭をすりつけ、まるで泣くようにすんすんと鼻を鳴らした。

「大丈夫。大丈夫よ」

自分自身にも言い聞かせながら、シエルは固唾をのんで戦いを見守った。

猿たちの攻撃が激化し、休みなくグランツとイルシャを襲う。

シエルとミュンが無事でいられるのは、彼らが必死に守っているからだった。しかしそれも時間の問題なのか、次第に押されていく。

（このままじゃ……）

シエルの腕の中でミュンが悲しそうな声で鳴く。

「きゅうん……」

母親を心配しているようだが、小さなミュンには震えて鳴くことしかできない。

シエルはもどかしさと焦燥感を覚え、唇を噛んだ。

（私の力はなんのためにあるの？　大切な人たちが傷ついてからしか、使えないものの？）

ラベーラのもとにいた時、苦しむ人々の姿を何度も見た。

両親と家を奪われて呆然と立ち尽くす子供や、こと切れた恋人から離れようとしない男性。獣に裂かれた腹を押さえ、生まれるはずだった子供の名を叫んで絶命する女性もいたし、たった一滴の水を求めて乾いた井戸に身を投げる老人の姿もあった。

（ああなってからでは遅いのよ）

二体の猿を相手取るグランツに、別の一体が隙の生じた身体を貫くため爪を突き立てようとした。

（だめ……っ）

その瞬間、ミュンを抱いていたシエルの中でカッと大きな力が破裂する。

彼女の身体から生じた光の粒が、敵である猿たちに激しく降り注いだ。雨のような攻撃は猿の身体を貫き、あふれた血を流す暇も与えず蒸発させる。

「なっ……！」

今までに見たことのない魔法の力を感じ、グランツは守るべき存在だったはずのシエルを振り返った。

「私の大切な人たちを傷つけないで――！」

シエルが叫ぶと、彼女を中心に生まれた光の柱が大気を轟かせながら広がった。

巻き上げられた泉の水が宙を舞い、ぱらぱらと彼らの頬を打って地面に染み込んでいく。

やがて光の奔流が収まると、そこには焼け焦げた猿たちがもの言わぬ躯《むくろ》となって転がっていた。

「あ……」

シエルの身体から力が抜け、ミュンが腕の中からすとんと落ちる。

「きゅ」

すべり落ちたミュンが地面に転がるも、すぐに四つ足で立って、尻尾を振りながらシエルにまとわりついた。

「シエル！」

地面にへたりこもうとした身体を支えたのは、駆け寄ったグランツだった。

「大丈夫か？　今の魔法はいったい……」

「だ……大丈夫です。ちょっと気が抜けてしまって……」

猿の返り血を浴びたグランツの腕にすがり、シエルはゆっくりと呼吸を繰り返す。

イルシャとグランツを守らなければという思いから発現した魔法は、敵を一匹残らず殲滅《せんめつ》したが、かなり体力を消耗するものだったらしい。

足に力が入らなくなってしまったシエルは、震える手でグランツを抱きしめる。

「シエル――」

「すみません、少しだけ……。お怪我はありませんか？」

「ああ、貴女のおかげで私もイルシャも無事だ」

抱きしめられたせいでうろたえつつも、グランツは彼女の身体を横抱きにした。

そしてそばの木の陰に下ろし、肩で息をしているシエルを落ち着かせるようにして背中を撫でる。

「……貴女は間違いなく聖女だったのだな。そうでなければ、あんな魔法など扱えないだろう。かなり強い力を扱ったように見えたが、平気か？」

「はい、このぐらいなら……」

イルシャも鼻を鳴らしているミュンに顔をすり寄せながら、心配した様子でシエルの傍らに座った。

「もう大丈夫でしょうか？　敵はいませんか？」

「そうだな、ひとまずは。イルシャが気づいてくれなければ、反応が遅れていた。煤の森で気を抜くべきではなかったのに、私のせいだ」

「グランツ様はなにも悪くありません」

「いや、責められて当然のことをしてしまった。すまない、貴女にも大変な思いをさせたな」

シエルは首を左右に振ろうとしたが、それさえ億劫で息を吐くだけにとどめた。

「少し疲れただけです。休めば治ります」

「……本当に申し訳ない。私が未熟だったばかりに」

膝をついたまま、グランツはシエルに向かって頭を下げる。

「なにが『守る』だ。危ない目に遭わせたばかりか、助けられるとは。……勝手に貴女を弱いと決めつけて、思い上がっていた。聖女である貴女のほうが私よりもずっと強い力を持っているというのにな」

それを聞いたシエルは、自身の胸がちくりと痛んだのを感じた。

（グランツ様は今まで、私の魔法について極力触れてこなかった。だけどもし、ラベーラ様のように私の力を求めたら……）

まだ親友と言ってくれた王女を完全に疑いきれてはいないが、彼女がシエルの力を強く求めていたのは事実である。

（グランツ様には私の力を求めてほしくない。……そんなふうに求められたくない）

どう言葉にしていいかわからず、シエルは唇を開いたままグランツを見た。

顔を上げたグランツはシエルの視線を受け止めると、苦い笑みを浮かべる。

「情けない話だが、私は貴女より弱い。……その上で、改めて守りたいと思った」

「え……」

「私は貴女を守る騎士になりたい。この心を捧げるから、そばにいる許しをくれないだろうか」

グランツは目を見開いたシエルの手を取り、自身の大きな手で包み込んだ。

「私……わかりません。守られなければ、そばにいてほしいと言ってはいけないのでしょうか？　理由がなくても、あなたにはそばにいてほしいし、私もおそばにいたいです」

なんだかとても恥ずかしいことを言った気がする——と、シエルの頬がほんのり色づく。

「守ってください。でも、私もグランツ様を守ります。そのためにこの力があると思うから」

「貴女の力は聖女としてのものに違いない。それを私ひとりで独占するのは……」

ためらいを見せたグランツに、一線を引かれてしまうと不安になったシエルが切なそうに言う。

「私を独占するのはお嫌ですか？」

ぐ、とグランツが言葉に詰まる。

「その言い方は……なんというか、卑怯だ」

「そうでしょうか？」

まさか卑怯と言われるとは思わず、シエルは驚いたように目を丸くした。

小首をかしげ、『卑怯……？』とグランツに問うわけでもなくこぼす。

「いろいろな意味が込められているように聞こえる。嫌などと言えるはずがないじゃないか」

グランツがシエルに顔を寄せ、そっと額を重ね合わせた。

「貴女はひどい人だ。私の気持ちを知っているくせに、そんな意地悪な質問をする」

彼が唇を開くたびに吐息が触れ、シエルの鼓動を高鳴らせる。

「もうひとつ、質問してもいいですか？」

「私が答えられるものにしてくれるのなら」

「では……その、先ほどなにをしようとしたのか教えてください」

「先ほど？」

「こうして顔を近づけたでしょう？　この後のことです」

シエルが言っているのは、魔獣による襲撃の直前のことだ。

わざとかと思うほどあからさまにグランツが硬直し、絶句する。

イルシャがふんと鼻を鳴らした。空気を読んだらしく、ミュンをくわえてふたりのそばを離れていく。

その先には魔獣との戦闘中もおとなしくしていたミディイルがいた。

「な、なぜ急にそんな質問を……！」

「ふと思い出したら気になってしまって」

「……忘れてくれ。騎士にあるまじき不誠実なふるまいをしようとしていた」

「その不誠実なふるまいとはどのようなことでしょう」

本当にわからないから尋ねているのに、グランツの表情がおもしろいぐらい変化する。戸惑いと恥じらい、そして罪悪感と、なぜか期待が見え隠れした。

シエルはなかなか答えないグランツを急かさず、彼を見つめるだけで言葉を待った。

それが彼の良心をちくちくと刺激し、隠そうとしていた心を暴く。

「キ……」

「き？」

「キスを……しようとしたんだ」

キス、とシエルが繰り返す。

唇を重ねる行為の意味さえわからないシエルの純粋な視線に耐えきれず、グランツは片手で口もとを覆って彼女から離れようとした。

「そんな目で見ないでくれ……」

シエルは彼が離れることを許さず、逃げようとしたグランツの服を掴む。

「グランツ様にしていただけるなら、どんなことでもされてみたいです。たとえ不誠実でも、私にしたいと思ったことなのですよね？」

「どうして貴女は、時々どうしようもなく積極的になるんだ」

激しく葛藤したグランツは、さんざん悩んだ末に答えを出した。

シエルの左手を取り、細い薬指に口づけを落としたのだ。

「貴女の無知に付け込むような真似はしたくない。だから今はこれだけで……」

明確な恋人関係にない相手だからと、本心はともかく控えめに伝えたグランツだったが、葛藤を知らないシエルは初めての感触に恍惚《こうこつ》とした笑みを浮かべた。

「これ、気持ちいいですね」

「きっ、気持ちいい⁉」

グランツの声が動揺のせいで裏返る。

「はい。なんだかむずがゆくて……。心臓が壊れてしまいそう。きっとグランツ様がしてくださったからですね。もしよかったら、もう一度してくれませんか？」

甘い口づけのぬくもりを純粋に喜ぶシエルだが、残念ながら言葉の選択を絶望的に間違えている。

たっぷり五秒は考えたグランツだったが、騎士としての理性が勝ったようだ。

「頼むから、もう誘惑しないでくれ……」

容赦なく敵を屠り、ただひとりを守るために迷いなく動いた騎士とは思えないほど、弱気でか細い懇願だった。

シエルはせっかく味わった未知の感触をもう与えられないことが寂しくて、グランツが口づけた場所に自分の唇を押しあてる。

それを見たグランツがひゅっと息をのんだが、彼女は先ほどの心地よさを感じられなかったため、不思議そうに首をかしげていた。

「グランツ様にされるほうが好きです」

「……聞かなかったことにしておく」

シエルはその後も自分の左手を見つめ、口づけをされた時のくすぐったさややわらかさ、ぬくもりと多幸感を思い出しては、甘い気持ちに胸をときめかせていた。

〝聖女〟

「まあ……やはり煤の森の魔女は恐ろしい存在なのですね」

上品に口もとを隠しながら言うと、ラベーラは誰もが守ってやりたくなるような儚い表情を浮かべ、不安げに目を伏せた。

「やはり追放する程度ではだめだったのですね。万が一の可能性を考えてアルド様に相談しましたが、まさかまだ生きていたとは思いませんでした」

アルドはラベーラの言葉に嘘を感じなかった。

しかし話す内容のすべてが真実かと言われると、素直にはうなずけないような気もしている。

「てっきり魔女が生きていることを知っていて、相談を持ちかけてきたのかと」

「聖女の力を奪うような邪悪な存在ですもの。身動きを封じ、煤の森へ追いやっただけではどうにもならないかもしれない、という思いはありました」

ラベーラは流れるようにアルドの疑問に答える。やはりそこにも嘘は見えない。

「セニルースからも兵をお貸しできたらよかったのですけど……。そうなると、リンデンの民が不安に思うかもしれないでしょう？　魔女の居場所は、リンデンに近いですから」

小鳥のさえずりにも似た甘く軽やかな声を聞いても、ラベーラの婚約者であるアルドは少しも心を動かさなかった。

アルドは政略結婚の相手として契約関係にあるだけのラベーラを、注意深く見つめてほころびを探そうとしている。

なぜリンデンの――グランツが率いるカセル騎士団に魔女の討伐をさせようとするのか。

今までは不思議に思いこそすれ、今ほど強く彼女に疑問を抱いていなかったから、形のいい唇から紡がれるいくつもの理由にも違和感を持たずにいられたのだろう。

アルドとラベーラのふたりは、婚約関係になってから定期的に互いの国を行き来して顔を合わせている。

普通、王族はそう簡単に他国を訪れるものではないが、彼らの結婚は両国を結びつけ、平和を願って行われるものだ。ゆえに、どちらかの国へ赴こうとなんの危険もないのだと示すため、形式的に数日間滞在する。

いろいろと遊び好きなアルドも、セニルースにいる間は行儀よく過ごしている。さすがに婚約者のいる場で、ほかの女性に誘いをかけるわけにはいかない。

アルドは隙あらば触れてこようとするラベーラをさりげなくかわし、王子にふさわしい温かみのある微笑を浮かべてささやいた。

「あの煤の森に住みつくような魔女なのだから、我が国が誇る騎士団が苦戦するのもしかたがない。こんな情けない話を聞かせる俺を許してくれ。一刻も早く君の不安を取り除くよう、彼らには引き続き魔女の討伐に全力を尽くせと伝えておこう」

「ええ、アルド様。……恐ろしい魔女が神の御許に招かれれば、私の聖女としての力もよみがえるはずです。そうすれば私たちの結婚も……」

「……ラベーラ王女、たとえ魔女の問題が解決してもすぐに結婚は難しい」

アルドは眉根を寄せないよう、額に力を込めて残念そうに言った。

結婚相手が妙な動きを見せるラベーラだというのも気に入らないし、そもそも彼にはもう少し多くの女性と遊びたい気持ちがある。男としては最低の部類に入るだろうが、幸いというべきか、アルドの父である国王は健康そのものでまだまだ現役だ。

「ノイフェルト公爵が反対していらっしゃるせいですか？」

ラベーラが瞳に涙を浮かべ、すがるようにアルドを見上げる。

「以前、そうだとお話ししてくださったでしょう？　私との結婚を反対していると……」

アルドの顔に『またか』というあきれが浮かぶ。

「君が思うような意味ではないよ。ノイフェルト卿は私の友人として、そして忠実な臣下として、慎重に将来を決めるべきだと忠告してくれただけだ」

きれいな言い方をしているが、アルドとラベーラの婚約を聞いた時のグランツの反応はそんなものではない。

『お前のような品のない遊び人が結婚だと……？　ラベーラ王女を傷つける前に、婚約破棄を申し出るべきだ』

グランツが反対したのは、ラベーラとの結婚というよりもアルドの結婚である。よく知る人間だからこそ、こんな男を『セニルースの聖女』と結びつけてはならないと苦言を呈したのだ。

いくら公爵の身といっても、王族の結婚に物申せる立場ではない。だからこれはアルドとグランツの友人同士としての話だったのだが、ラベーラは想像以上に深刻に受け止めたようだった。

堅物の忠臣《しんゆう》がいるのだと冗談のつもりで話したのに、彼女はことあるごとにグランツの言葉を繰り返す。

口の悪いアルドはラベーラのそういった言動を『俺も悪かったが、いい加減しつこいし相手をするのが面倒だ。いつまで同じ話をする気なんだ』と嫌い、よくグランツに愚痴を言っていた。

「心配しなくても、時機がくれば結婚の話も進むだろう。どちらにしろ、聖女の力の復活も待たねばならないし」

「……ええ、そうですわね。魔女に奪われた力が、果たして取り戻せるのかどうか不安ですけれど……」

ラベーラが白魚のように美しい自身の手を見つめる。

その目はアルドを捉える時と違い、冷たく無感情だった。

＊＊＊

婚約者との短い逢瀬を終えると、ラベーラは自室のソファに背中を預け、ため息をついた。

「忌々しい」

彼女のメイドたちが、主人の不機嫌を悟って身体を縮こまらせる。

かつては美しい聖女として、今は魔女に力を奪われた悲劇の聖女として愛されるラベーラは、メイドたちの前でまでその姿を演じようとしない。甘い言葉をささやかずとも言いなりになる、とても便利な〝物〟だと思っているからだ。

それに、たとえ使用人たちがラベーラの本性を明かしたところで、人々は聖女としての彼女を信じるだろう。ラベーラは口の軽い愚かな裏切り者を、傷ついた表情で断罪すればいい。

穢《けが》れを知らないとうたわれるラベーラの手は、見えないだけで数多の血に濡れていた。気に入らない者は皆、目の前から消してしまうからだ。

「アルド様はノイフェルト卿に優しすぎる。……そもそも、王族に〝親友〟などいらないのよ」

かつてラベーラはひとりの少女に親友という役割を与えた。しかし彼女にとって〝あれ〟は使用人たちと同じく便利な物のひとつにすぎない。ラベーラに聖女の名を与えるほどの力がなければ、機嫌をうかがって媚《こ》びる必要もなかっただろう。

「爪を塗り替えて。アルド様が褒めてくれなかったのは、お前たちの仕事がずさんだったせいよ。——そこのお前と、お前。後であの赤髪を鞭で打ちなさい。ひとり五回ずつ。いいわね」

アルドが来る前にラベーラを磨き上げたメイドは震え上がった。

今は別の仕事を任されて席を外している赤髪のメイドは、まだ十三歳と若い。手先が器用だからラベーラの爪を染める手伝いをしたのに、それがあだとなってしまった。

まだ成長しきっていない幼い身体に十も鞭を打ったらどうなるのか。やわらかな肌は裂け、肉が露出し、しばらく床に背をつけて眠れなくなるに違いない。

メイドたちは戦々恐々としながら、ラベーラの機嫌をこれ以上損なわないよう息を殺して仕事にあたった。

薄桃色にかわいらしく染められた爪が、淡い新緑色に塗り替えられていく。

おもしろくない――とラベーラは声に出さず、心の中でつぶやいた。

聖女ラベーラの名声を高めるために舞台を用意してやったというのに、〝あれ〟はよりによってここ一番の瞬間に魔獣を召喚したのだ。さんざんかわいがってやった恩も忘れて。

ぎり、とラベーラは唇を噛む。

〝あれ〟を追放せざるをえなかったせいで、ラベーラは聖女の名を失いかけている。

いっそ処刑してしまえばよかったと今でも思うが、あの女の持つ力を思うと、うかつな真似はできない。

万が一、あの女がラベーラを恨んで呪いをかけたら？

だからラベーラは、『私が命を救ってやったのだ』と言い聞かせて彼女を追いやったのだ。

煤の森で勝手に野垂れ死んでくれればよかったものを、今ものうのうと生きているのが許せない。

あれほどの魔力を持った人間だからもしかしたら、と念には念を入れてアルドへ話を持ちかけたら、嫌な予感が的中してしまった。

それならばと、呪いを受けてもかまわない人間を探した結果、思いついたのが愛する婚約者、アルドの騎士であるグランツだ。

婚約についてアルドに苦言を呈したのも気に入らないが、彼女がグランツを疎んじる理由はそれだけではなかった。

ずいぶん前、ラベーラがリンデンに滞在した時のことだ。

美しい聖女の訪れに息をのむ人々の中で、グランツだけがラベーラに熱を上げなかった。男女問わず誰もがラベーラをうらやみ、称賛し、憧れの眼差しを向けたというのにである。

しかもグランツはラベーラがリンデンにいる間、ずっとアルドを優先し続けた。

彼の主人の婚約者なのだから、アルドと同じように扱われるのだろうと思っていたが、彼はラベーラの前で頭を下げこそすれ、膝をつくことは一度もなかったのだ。

遠回しに指摘すると、グランツは生意気にも言い訳を口にした。

『不快な思いをさせておりましたら、申し訳ございません。私の主君はアルド様ただひとりであり、王女殿下に同じ忠誠を誓うことはできかねます』

さらに彼はこうも言った。

『あらぬ噂を立てられかねませんので、私ひとりを殿下の部屋へ呼び出すのはおやめください。ほかの者のいる場であれば、召喚にお応えいたします』

その時の羞恥と怒りを思い出したラベーラは、顔をゆがめて品のない舌打ちを漏らした。

彼女の爪を染めていたメイドが、びくりと肩を震わせる。

あらぬ噂を立てられてなにが悪いというのだ。美しい聖女と噂になるのなら、むしろ光栄だと喜ぶところだろう――。

だからラベーラは自尊心をひどく傷つけたグランツを嫌い、憎んでいる。

聖女の名を貶《おとし》めた〝あれ〟もまた同じだ。

「ラベーラ様、足の爪も染めてよろしいですか？」

メイドのひとりが恐る恐る話しかけると、ラベーラはふんと鼻を鳴らして靴を履いたままの足を差し出す。

「爪を染めろと言ったのだから、足もやって当然でしょう。言われずともわかることを、いちいち私に説明させないで」

「もっ、申し訳ございません……」

メイドはラベーラの足をうやうやしく手で支え、銀の糸で編まれた靴をそっと脱がした。そして、足の爪にも染料を落としていく。

「アルド様はいつまであんな男を騎士に据えておくつもりかしら。魔女のひとりも殺せない騎士がいていいと思う？」

話を振られたメイドが息をのんだ。

「いえ、いていいはずがございません」

「そうよね。だったらどうすればいい？　アルド様にふさわしくないものは、すべて取り除かないと」

「その通りでございます」

「……アルド様にもそろそろわかっていただかなければね。私と結婚する以上、最も優先させるべきはなにかということを」

　彼女が言うのはもちろん自分自身のことである。

「アルド様が私以外、目に入らないようにしなくては。……私だけを求め、崇め、すがり、愛するのがあの方の役目であるべきでしょう？」

　くすくすと笑うラベーラは、美しいとささやかれるだけあって、その場にいる者たちの視線を強く引きつける。

「そう……今までと同じようにするだけよ」

　ラベーラはつぶやいてから、足に触れていたメイドを突然蹴り飛ばした。

　爪先に頰をえぐられ、メイドの身体が勢いよく床に転がる。やわらかな絨毯に手をついて咳き込むメイドの前に立つと、ラベーラは容赦なくその頭を踏みつけた。

「ねえ、今どうしてほしい？」

「た……たす、けて……ください……お願いです、殺さないで……」

　ぐぐ、とラベーラが足に力を込め、メイドの頭を床にめり込ませようとする。

「そうよね。つらいことがあると、他人の助けを必要とするものなの。お前たちも、わかるでしょう？」

　ラベーラは怯えを見せるほかのメイドたちに向かって、艶やかな笑みを浮かべた。

「アルド様もそうだと思わない？　大変な状況にあれば、私を……聖女を求めてくれるわよね？　だって、今までもそうだったもの」

彼女が言う今までというのは、アルドの話ではない。

〝親友〟の力を利用していた頃、人々は厳しい環境で苦しめば苦しむほどラベーラを聖女として強く求めた。

だから彼女はすぐに人々を救わず、わざと苦しめ、傷つけ、承認欲求が満たされるまで放置したのだ。聖女ラベーラの存在を、下々の者の心に刻みつけるために。

「リンデンにはどう手を出せばいいかしら？　これから忙しくなりそう。ついでに邪魔者も消してあげなくちゃ」

ラベーラは足の下にいるのが人間だということも忘れて踏みしめ、機嫌よく鼻歌を歌いながら部屋を出ていく。

彼女が裸足だったと気づいて戻ってくるまでの間、メイドたちは虐げられた仲間と身を寄せ合って震えていた。

この気持ちを恋と呼ぶのなら

夏が終わり、秋に差しかかる。

青々と茂っていた木々が赤や黄色に色づき、吹き抜ける風からも夏の気配が消え去った頃、グランツは城に出頭要請を受けていた。

国王の間にて、彼はいつもするように胸に手をあて、膝をついている。周囲には銀の槍を持った騎士が並び、物々しい空気が辺りを包み込んでいた。

かつん、と音がしてもグランツは顔を上げず、なぜ呼び出されたのかと疑問を発しもしない。

「グランツ・フォン・ノイフェルト公爵。貴殿にアルド・ウィン・リンデン殿下暗殺の疑いがかかっている」

国王のそばに控えた従者が重苦しく告げるも、グランツは口を閉ざしうつむいたままでいる。

「なにか申し開きすることはあるか?」

「はい」

許しを得てようやく口を開いたグランツは、頭を上げてまっすぐ前を見据えた。

玉座にはリンデンの国王夫妻が並んで座っており、忠実な騎士から目をそらさずにいる。

「恥ずかしながら、私は殿下の身辺に起きたことを把握しておりません。いつなにが起きたのか、説明を求めます」

冷静に言いながらも、グランツの内心には激しい焦りと動揺があった。

疑いということは、暗殺は未遂だったのだろう。だが、まさかアルドがそんな目に遭っているとは思いもしない。

グランツは基本的に領地を離れず、タスローに駐屯している。

シエルと出会ってからは、自身が一か所に落ち着いていなくても滞りなく騎士団が動けるよう改善したが、だからといって国内のあちこちに移動するようなことはない。

要請がなければ王都に足を運ばないグランツが、どんな手段をもってアルドを暗殺するというのか。

「三日前の明け方、アルド殿下の寝所に賊が押し入りました。数は三名で、暗器と剣を所持。部屋の外にいた騎士は薬で眠らされており、殿下がひとりで賊を捕らえています」

よかった――と安堵の息を吐きかけたグランツは、慌てて気を引き締めた。

「賊のうち、ふたりはその場で自害。残りのひとりは牢でノイフェルト卿に雇われたと吐き、隠し持っていた毒によって自害しました」

「殿下に怪我は」

「ございません」

改めて無事を確認し、今度こそほっと肩の力を抜く。

グランツのその姿を演技とするのは難しかったが、集まった騎士たちは彼への警戒を緩めない。

「当然ですが、なぜ私の名が出たのか身に覚えはありません」

答えながら、グランツは疑問を抱いた。

本当にグランツが手を下したがったのだとしたら、暗殺などと手間のかかる手段を選ぶはずがない。アルドとふたりきりで話す機会も多いのだから、そこで斬り捨てればそれで終わりだ。事を終えた後にどうするかはともかく、城内でも帯剣を許されたグランツにアルドの殺害は難しくない。

なにより、アルドを含めた城内の者たちからの信頼が厚く、騎士としての強さもあるグランツに、わざわざ暗殺者を雇う理由はなかった。

それを国王夫妻も、王城に勤める騎士たちも知っているだろうに、なぜこんな状況になっているのだろうと不思議に思ったのだ。

「容疑が晴れるまでの間、ノイフェルト卿には牢にとどまっていただく」

「……なるほど。では、私の持つ権限も一時的に剥奪されるのでしょうか。そうであれば牢に入る前に当家のライゼンと、カセル騎士団のトーレイに事情を伝えていただきたい」

それは信頼の置ける執事と副団長の名だった。いつ命を落としてもおかしくはない役職についているグランツは、己の身になにかが起きた時の対応も事前に決めてある。

「認めましょう」

「難しいかもしれないが、弟の耳に入れないでもらえるだろうか。私の身に疑いがかかっていると知ったら、ひどく傷つけてしまうかもしれませんので」

「それも認めましょう」

意外とわがままが通るのだな、とグランツは再び不思議に思った。

だから騎士たちが剣を預けるよう言ってもおとなしく従い——王子暗殺の疑いがある人物に、この段階まで帯剣を許しているのがまずおかしな話だ——自らの足で牢に向かったのである。

ここで伝えるわけにはいかなかった、シエルの存在を気にかけながら。

グランツの牢は、およそ牢とは呼べないつくりの部屋だった。

王都から少し離れた位置にある牢獄は、怨嗟の声に満ちた薄汚い地下牢と、身分の高い者を捕らえておく塔の二種類がある。

行動を制限されるのはどちらの牢も変わらないが、グランツが囚われた塔は囚人のためにつくられたものにしては豪華だ。

部屋には綿のベッドと小さなテーブル、そして椅子が備えつけられている。床には絨毯が敷かれ、小型の暖炉まであった。さらに本棚や遊戯盤まで置かれている。

（牢獄に入ったのは初めてだが、これはまた……）

一般的な貴族ならば、こんな狭い部屋に閉じ込められたら、昼夜を問わず牢番に文句を言うだろう。だが、騎士としての生活に慣れているグランツはなにも不自由を感じていなかった。

必要があれば、十日でもひと月でも野宿する。敵に居場所を悟られないよう、火を禁じた状態で雪原に何時間もとどまることだってあったし、汚い泥や魔獣の血を浴びたまま数日を過ごすこともあった。

それを考えると、めまいがするような夏の暑さも、吐く息さえ凍るような冬の寒さも感じないこの牢獄は快適すぎるといっていい。

グランツがおとなしく囚人として牢獄に収まると、牢まで案内した騎士が扉の小窓から申し訳なさそうな顔を見せて言う。

「必要なものがありましたら、お申しつけください。多くは用意できませんが、酒や食物の類いなら……」

「気遣いをありがとう。だが、囚人に贔屓をしては示しがつかない。ほかの者と同じ扱いをしてくれ」

「ですが、ノイフェルト卿を疑っている者はおりません。タスローの英雄が殿下を暗殺しようとするなど、絶対にありえませんから」

グランツは木製の椅子に腰を下ろして苦笑した。

「そう言ってくれるのはありがたいが、あまり公言するな。余計な火の粉が降りかかるやもしれん。巻き込まれないよう、牢番としての責務を果たしてほしい」

牢番はくっと唇を噛むと、扉の向こうで自身の左胸に手をあてた。

そしてグランツに向かって深々と敬礼し、その場を立ち去る。

「……さて」

グランツは無意識に自身の腰に手をやり、そこになにもないのを感じ取って肩をすくめた。

（剣がないと落ち着かないな。囚われた身で言うのもどうかしているが）

椅子に座ったまま腕を組み、現状をまとめる。

（アルドが暗殺者に襲われるのは初めてではない。俺の名が出たからといって、簡単に牢に捕らえるものだろうか？　アルドも陛下も、それほど短慮ではないはずだ。これまでの付き合いもあるしな。となると、なにかしらの理由があって俺を牢に入れたと考えるべきか）

明らかにこの状況がおかしいとわかっているだけに、グランツはまったく焦っていなかった。

（ここで考えたところで答えは出ないだろうが、時間は多すぎるぐらいある）

す、と視線を少しだけ天井にほど近い小窓に向ける。空気を入れ替えるために存在している小窓から、長身のグランツが脱獄するのは不可能だ。

城へ来た時はまだ陽が高かったのに、いつの間にか暗くなり始めているのがわかる。

（シエルは大丈夫だろうか？）

騎士団も家も、信頼できる人物に自身の状況を伝えるよう頼んである。彼らはグランツが不在の間も、やるべきことをこなしてくれるだろう。グランツが戻ってきた後も問題ないよう、居場所を守ってくれるはずだ。

しかしシエルは違う。彼女はたったひとりで、連絡手段を持たない。

(明日、会いに行こうと思っていたんだがな……)

牢を出るまで、どのぐらいかかるかはわからないが、少なくとも今日明日の話ではない。となると、シエルはグランツの身になにが起きたのかを知らないまま、あの寂しい森で待ち続けることになる。

(ようやく最近慣れてきてくれたのに、とんだ災難だ)

夏の日、間違いなくふたりの距離は縮まった。

シエルはこれまで以上に笑顔を見せるようになり、グランツにくっつきたがり、そして――。

『先日のキスをもう一度していただきたいのです』

無邪気で甘やかな声を思い出し、グランツは額に手をあててうつむく。

(ここにいれば嫌でも頭が冷える。むしろ投獄されてよかったのかもしれない)

指へのキスを思いのほか気に入ったシエルは、あれ以来、わざわざ目の前で手をきれいに洗ってからグランツに差し出すようになった。

キスを好んでいるというよりは、グランツに触れられることを喜んでいるらしく、手を握るだけでもうれしそうな顔をする。

以前の彼女では考えられない穏やかな笑みは、グランツの理性を狂おしいほど揺さぶったが、そこで無体な真似を強いるほど彼は誘惑に弱い男ではなかった。甘すぎる誘いを振りきるのは、戦場で百人を同時に相手するよりも難しいと思っているのは置いておくとして。

（……次に会う時は、また彼女の好きなものを用意しよう）

囚われの身ではなにをすることもできない。それならば、いつでも動けるように体力を温存しておくべきだと、騎士らしい考え方に落ち着く。

ベッドがあるのに使わないのは、完全に無防備になるまで気を抜くつもりはないからだ。

椅子に座ったまま、主にシエルのことを考えて目を閉じる。

ひとりになった彼女が、泣いていなければいいと思った。

投獄されて三日が経ち、ひとまずノイフェルト邸での謹慎が決まった。

（真犯人でも出てこない限り、たった三日では疑惑も晴れないだろう。暗殺の疑いが

ある者に自宅での謹慎を許すのもおかしい。なにより、俺が領地に帰れば騎士団との接触も可能になる。やはり妙だな）

そう思っていたグランツのもとに、フードで顔を隠した男がやって来る。

牢獄に入るなり、男は――アルドはフードを取り払った。目が覚めるような鮮やかな金髪が、光を弾きながら散る。

「長身のお前には狭そうな部屋だな」

開口一番に言ったアルドは、にやりと笑ってベッドに腰を下ろした。

「どうだ、牢獄暮らしは？」

「思っていたよりも悪くない。食事も素晴らしいしな。なにせ、温かいスープがついている」

自身をここへ捕らえたきっかけだと知りながら、グランツは軽口を返した。

「それのなにがそんなにいいんだ」

「野営で温かい汁ものを食べる余裕はないだろう？」

アルドは牢獄暮らしよりもひどい生活を想像し、なんとも言えない嫌な顔をする。

「いつか戦いのない国をつくろうと、今思った」

「ありがたいな。ぜひそうしてくれ。――で、なにをしに来た？　俺をからかいに来たわけではないはずだ」

「まあ、そうだな」

アルドがちらりと扉のほうをうかがう。牢番が立っているはずだが、気配は感じられない。

「不自由な思いをさせて悪かった。どうにも妙なことが多すぎてな」

声をひそめたアルドが表情を引き締める。

「暗殺ぐらいならどうでもいいんだが、お前の名を出したことが気にかかる。リンデンの人間なら、お前だけは俺を裏切らないとわかっているはずだ」

「他国の人間がかかわっているような言い方だな」

「事実だろう。お前は俺の騎士だ。それを知らない奴がリンデンにいるものか」

グランツの口もとに微笑が浮かぶ。

どうにも王子と思えない言動をする男だが、アルドが主君としてグランツに向ける信頼は本物だ。

「それにあの刺客は、死ぬ手段があるのにわざわざお前の名を残した。……いや、あの死も妙だと言えば妙だったな」

「妙？」

「奥歯に毒を仕込んでいたようなんだが、それを飲んだ時の反応がな。どうして自分が死ぬのかわからない、という顔だった。そいつだけじゃない、ほかのふたりも同じだ。情報を隠すために刺客が自害した……とは違う気がする」

刺客と対峙した時を思い浮かべているらしく、アルドが眉間にしわを寄せる。

「まるで、その薬さえ飲めば逃げられると思っているかのようだった」

「……魔法の類いか？」

シエルほどの力はないにしても、この世界に魔法使いは少なくない。

日常生活を快適にする魔道具の製作や、騎士たちを後ろから援護する魔法軍が花形の職業とされていて、どんな街にも大抵一軒は魔法薬を扱う店があった。

薬屋と違うのは、その名の通り魔法を込めた薬を扱っていることだ。

身体能力を高めたり、敵の注意を引いたり、強い眠気を誘うものだったりと様々だが、その中には一時的に姿を消すような薬がある。

グランツが真っ先に思い浮かべたのはそれだった。

「と、俺は思っている。最初から死ぬつもりで王子暗殺の依頼を受ける馬鹿はいないはずだ。奴らは自分以外の人間に、逃げるための準備を用意させて仕事にあたった。……生き残ったひとりも、仲間が死んだと知っていたら薬の服用をためらったかもしれない」

「つまり、だ。おそらくはリンデンの人間ではない者が、俺を貶めるために刺客を雇い、そいつらのことも口封じに殺したと？」

「たぶんな。今まで俺を殺そうとしてきた奴らとは、空気が違っていたし」

さらりと語るようなことではないが、これでもアルドは何度か死線をくぐっている。

「そうなのか」

「殺気が薄かった。そうじゃなかったら、か弱い王子様がたったひとりで三人の刺客を相手できるわけないだろう？」

アルドの軽口を、グランツはあきれた表情で流した。

さすがに現役で騎士団長を務めているグランツほどではないが、アルドも戦場で生き残れるだけの実力を有している。刺客の相手も難しくはないはずだ。

「敵がお前を貶めたいなら、俺は疑っているふりをしなきゃならん。どこのどいつがこんな面倒な真似をしたのか調べるために、もうしばらく嫌な思いをしてくれ」

「わかった」

グランツの名誉にもかかわる命令だったが、彼はアルドの言葉を聞いてすぐに承諾した。

「いいのか？　もしかしたら一生、騎士団長にも公爵にも戻れないかもしれないぞ」

「俺でなくとも務まる役目ばかりだ。……ラークが陛下から改めて公爵位を賜るには、少し幼すぎるだろうが」

いずれそのつもりだったのもあり、グランツにためらいはない。

「お前を主君としても、親友としても信じている。俺の潔白を証明してくれ」

迷いのない言葉に、アルドは再びにやりと口角を引き上げた。

「もちろんだ」

◇◇◇

夕日が落ち、月明かりが辺りに注ぎ始めても、シエルはいつもミディイルをつなげていた木のそばで待っていた。

ぐるう、と喉を鳴らす声が聞こえ、イルシャが彼女の脇の下に鼻先を突っ込む。

ミュンは家で寝ており、ここにはいなかった。

「今日も来ないのかしら……」

イルシャのやわらかな背を撫でながら、いつの間にか聞き慣れた馬のひづめの音を求めてつぶやく。

「もう二十日もいらっしゃらない。なにかあったのでなければいいけど」

最後にグランツが来てから、もうそんなにも時間が経っている。これといった連絡もなく、シエルは連日彼の訪れを待っていた。

イルシャがシエルの手に顔をこすりつける。

しばらく撫でていたシエルだったが、やがていつもグランツがやって来る方角を見るのをやめて、イルシャを抱きしめた。

「こんな気持ち、知らないわ」

シエルの声が震える。

「ひとりでいても、ずっと平気だったのに……」

少しずつ小さくなる声に嗚咽《おえつ》が交ざり、シエルの頬を温かな涙が伝う。

イルシャの首をきつく抱きしめたまま、たてがみに顔を押しつけてシエルは泣きじゃくった。

「寂しいよ……」

残念ながら、イルシャにはシエルの涙を拭うための手がなかった。だから、グランツのぬくもりを求めて泣く彼女を抱きしめることも叶わない。

代わりにイルシャはシエルの頬を気遣わしげにそっと舐《な》めた。

それでも彼女の涙は止まらず、顎を伝って落ちていく。

「グランツ様に会いたい……」

また、はにかみながら優しい声で『シエル』と呼んでほしいし、緊張した様子でぎこちなく手を握ってほしい。

赤くなって照れた顔や穏やかな眼差しは、シエルの中から消えるどころか、胸の奥で今まで以上にあざやかに――彼への愛おしさを訴える。

ひくりと喉を鳴らしたシエルが、顔を上げた。

以前、グランツとした話を思い出したからだった。

『好きというのは、どういう気持ちなのでしょう。私もグランツ様を好きになりたいです』

『いつか貴女もその瞬間が来ればわかるはずだ。私がそうだった』

彼の声と表情が頭の中でよみがえっただけで、シエルの胸は強く痛んだ。

（私、グランツ様が好きなのだわ……）

気づいたところで、伝えるべき人はここにいない。

彼のリンデンでの役目を考えると、もしかしたら二度と会えないのかもしれない。

国境を守ることがどれほど危険か、あまり多くを知らないシエルも理解している。

だからシエルは、ラベーラのもとでやっていたように魔法でグランツの様子を見る勇気が出ない。自分の望んでいない恐ろしい現実を知りたくはなくて。

「ひとりにしないで……」

グランツはシエルにたくさんの幸せな感情を教えたが、同時に身が引き裂かれるような寂しさと切なさ、苦しみと悲しみも残していったのだと知る。

ひとりぼっちですすり泣くシエルを、イルシャが心配そうに何度も舐めた。

月が少しずつ中天に上がり、おどろおどろしい煤の森を照らし出す。

ついにへたり込んでしまったシエルの耳に、ふと土を踏む音が届いた。

はっと音のほうに目を向けた彼女だったが、現れたのは望む人ではない。

「あんたが魔女だな」

軽装に身を包んだ男は、月を背に馬上からシエルを見下ろす。

光に透けた藁色《わらいろ》の髪に目を奪われたせいで、シエルは自分を冷たく捉える若草色の瞳に気づくのが遅れた。

「ど……どちら様でしょう……」

イルシャがシエルを背にかばい、低いうなり声をあげる。

しかし男は怯まず、離れた位置に控えた馬上の一団を顎でしゃくった。

「殿下のご命令で、あんたを迎えに来た」

「まあ、こんな鳥の巣みたいな髪をして！」

シエルの髪を見たメイドが、悲鳴のような声を響かせる。

カセル騎士団のトーレイだと名乗った男は、シエルをリンデンの王都キルヒェに連れていくと、大した説明もなく城の一室に置き去りにした。

ここには、いつもそばにいてくれたイルシャとミュンがいない。

イルシャは見知らぬ男を拒み、今にも食い殺しかねない勢いだったが、シエルが止めたのだ。

『殿下』と呼ばれる相手については、グランツから何度か話を聞いている。だからずっと会えずにいる彼の事情を知るには、男の言う通りにする必要があると思った。

男が城へ向かうと言ったから、シエルはイルシャとミュンに森で待っているよう告げ、たったひとりでついてきたのだった。

心細さにひたすら震えていたシエルだったが、なぜか今、城のメイドたちにせっせと身体を洗われている。

「い、嫌です。これ、目が痛いです……っ」

「石鹸で髪を洗う時は目を閉じるんですよ。そんなことも知らないなんて、いったいどこのお嬢さんなんです？　──ちょっと、薔薇の香油を持ってきてちょうだい！」

恰幅のいい年配のメイドが、若いメイドに向かって手際よく指示を出す。

シエルは身体を硬直させ、ひたすらされるがままになっていた。

（なぜ？　どうして？　なにが起きてるの？）

生まれてからずっと水で流すだけだった髪が、石鹸で丁寧に磨かれ、うっとりするような香りの油をすりこまれて艶を生む。

そうするとシエルの髪は暖炉の灰をかぶせたような鼠色から、新雪さえもうらやむような美しい銀髪に変化した。

蒼氷の瞳と合わさって、どこか浮世離れしたシエルが神秘的な美しさを湛えた少女へと変化する。

「なんて素晴らしい銀髪なの」

「まるで氷の精霊みたいね」

「どうしてこんな方が騎士団に？」

「どこかで拾ってきたのかしら……？」

メイドたちはトーレイが連れてきた謎の美少女に興味津々だったが、シエルはいつまで経っても肩の力を抜けず怯えていた。

セニルースの城で暮らしていた頃、シエルはラベーラ以外の人間とほとんど顔を合わせたことがない。『親友さえいればいいでしょう？』とラベーラが他者を拒んだからだった。

グランツとの逢瀬でずいぶんと人に慣れたといっても、シエルが慣れたのは人間ではなくグランツでしかなかったようだ。

（変なにおいにされているわ。私、どうなってしまうの……）

庶民では手が届かない薔薇の香油も、シエルにとっては奇妙な香りに感じられる。

何度となくむせたシエルは、やがて浴槽から引っ張り出されて、イルシャよりもふわふわの布にくるまれた。

「ちょっと、ちゃんとご飯を食べてるの？　こんなに細い人、初めて見たわよ」

「ここまで細いとコルセットいらずだわ」

「なにか食べるものを持ってきてあげたら？」

シエルは立っているだけでよかった。

きれいに水気を拭われ、身体にぴったり合う下着をつけられ、今までに触れたことぜんやる気にさせた。

薄青い絹のドレスは、シエルの繊細な雰囲気によく似合っており、メイドたちをがのない気持ちのいい手触りのドレスに包まれた。


彼女が今まで着ていた服は、すり切れた布きれを身に着けていた彼女を哀れんでグランツが用意したものだったが、丈夫で汚れが目立ちにくいことだけが利点で、実用的すぎた。彼が女性への贈り物に慣れていないことがよくわかる代物である。

なぜか干した果物がたっぷり入ったパンを与えられたシエルは、よくわからないままお腹を満たし、今度は彼女の爪を磨き始めたメイドたちに恐る恐る質問した。

「どうして私、こんなことになっているのでしょう？」

「ええ？　私たちも知りませんよ？」

シエルと同じくらい、メイドたちもきょとんとした顔になる。

「ただね、カセル騎士団の副団長様が連れてきた方だっていうから」

「見られるようにしてくれって頼まれたのよね」

「殿下にお目通りするんでしょ？　つまりそういうお方なのよ、この人は」

「ああ、そういう？」

質問したにもかかわらず、シエルの疑問はなにも解決しない。

（殿下……。グランツ様と迎えに来た方が言っていたのと同じ人でいいのよね？　じゃあ、やっぱりここにいればグランツ様のことも聞ける？　聞いて大丈夫……？）

グランツの身になにかが起きたから会えていないのだと、余計なことまで思い出してしまった。

悲しくなってうつむいたシエルだったが、なにも知らないメイドたちは容赦なく彼女を飾り立てていく。

この神秘的な少女は王子の新しいお相手だと、誤解しているせいだ。

「瞳の色に合わせて耳飾《イヤリング》は水宝玉《すいほうぎょく》にしましょうよ」

「もう少し濃い色のほうがいいかも。瑠璃《るり》はどう？」

しばらくして、装飾品までつけられたシエルは別室へと連れていかれた。

待っているよう言われ、やわらかすぎるソファの上で縮こまっていると、ノックの音とほぼ同時に扉が開く。

「なるほど、これはあの堅物もおかしくなるわけだ」

部屋に入ってくるなり言った男は、実にきらびやかな容姿をしていた。

明るい金髪はシエルの銀髪と並ぶと、太陽と月のように見える。瞳の色はシエルの蒼と近い青だが、男のほうがずっと鮮やかだった。

男はしげしげとシエルを眺めた後、彼女の向かい側に腰を下ろした。

「アルドだ。君が魔女で合っているか？」

グランツよりも背は低そうだが、アルドのほうがずっと強い圧力を感じさせる。シエルは怯えた表情で自分の身体を抱きしめた。

「……はい」

「そうか。グランツのことは知っているだろう。黒髪の、目が赤い……戦うことが好きそうな男だ」

見た目は一致するが、シエルの知るグランツは戦いを好みそうな人ではない。

「はい、存じております。……あの、グランツ様はご無事でしょうか？」

「……無事？　あいつになにが起きたのかを知っているのか？」

「いえ、なにも」

答えてから、シエルは泣きそうな顔になる。

「なにか起きたのですね……」

アルドはシエルの表情をじっと見て、少しだけ目を細めた。

「あの男は俺を殺そうとして、自宅に閉居中だ」

「そんな！」

思わず立ち上がったシエルが、自分の口を手で押さえる。

「グランツ様は人を殺そうとするような方ではありません。なにかの間違いです！」

蒼白になったシエルを見ても、アルドは表情を変えない。

「まあ、座ってくれ」

促されても、シエルはすぐに動けなかった。

アルドのまっすぐな視線が彼女を捉え、探るように揺らめく。

「俺の知るグランツは数えきれないほどの命を屠った男だ。戦場では誰ひとり寄せつけず、味方ですら震え上がらせる。……人を殺すような奴じゃない？　まさか。あいつほどうまく剣を振るう男はいないだろうよ」

「……私の知るグランツ様はとても優しい方です」

シエルの瞳からほろりと涙がこぼれ、さすがのアルドもぎょっとした。

「グランツ様はご無事ですか？　怪我をされているのでしょうか……？」

涙を拭いながら言うシエルの顔を、アルドが少し気まずそうに、しかしおもしろがっている様子で覗き込む。

「グランツが心配なんだな」

「はい」

「……君がやらせたんじゃないのか？」

シエルの肩がびくりと跳ねる。

「あいつは君の言うことならなんでも聞くらしい。俺を殺すよう、君があいつに命じたんじゃないか？」

「どうして私がそんなことを？」

本気で意味が理解できずに問うも、アルドの目はシエルからそらされない。

「もしかしたらそうかもしれない、と思って話をしている。君に会ってからのグランツは完全におかしくなってしまった。魔女に誘惑され、俺の敵に回ったと考えるのは自然だろう？」

「なぜ、私があなたの命を奪わなければならないのでしょう。そんなものはいりません。グランツ様に会わせて……」

そんなもの、と言われたアルドが苦笑いする。

それほど幼いわけでもないのに、子供のように泣くシエルが物珍しいのもあった。

彼女は人前で泣き顔をさらすことを、恥じらわない。単純にそういう性格か、あるいは他人の前で泣いた経験が少なく、恥を感じたことがないからかのどちらかだが、シエルは後者だった。

アルドもそれを感じ取ったのか、これまでのシエルの反応から彼女が嘘を吐いていないようだと判断したらしい。

「泣かないでくれ」

目の前の男の表情が若干やわらかいものに変わったとも気づかず、シエルはしゃくりあげながら言う。

「私が本当に魔女だったとしても、グランツ様だけは利用できません。あの方だけが私に優しくしてくださったから。それに私は、グランツ様のことが……」

「その先は俺が聞くと怒られそうだ」

シエルを制したアルドが、テーブルの隅に置いてあった手巾《ハンカチ》を差し出す。

「君が俺を騙すために演技をしているのだとしたら大したものだ」

シエルがなかなか受け取らないのを見かね、アルドは彼女の頬を拭ってやろうとしたが、他人に触れられることを嫌ったシエルはわずかに身を引いた。

アルドは無理にシエルの涙を拭おうとせず、なるべく彼女を刺激しないよう静かに尋ねる。

「グランツに会いたいか?」

シエルは悲しそうな顔をしたまま、声にならない嗚咽を漏らしながら深く深くうなずいた。

シエルはアルドに連れられて、城の上階へと向かった。

先ほど彼女がいた部屋よりもずっと立派な扉が目の前で開かれると、そこにしばらく会っていなかった男の姿がある。

「グランツ様！」

彼女より先を歩いていたアルドが止める間もなく、シエルは王子の部屋で待っていたグランツに駆け寄った。

グランツは怪訝《けげん》な顔をして少女を避けようとするも、すぐにこぼれ落ちそうなほど目を見開いた。

「シエル……!?」

座っていたグランツが立ち上がり、腕の中に飛び込んできたシエルを慌てて抱き留める。

シエルはグランツの背中に腕を回して、広い胸に顔を押しつけた。

呼吸もままならないほど泣くシエルを、グランツは真っ赤になりながらなだめる。

「本当にシエルなのか？　あまりにも美しすぎて、一瞬どこの女神がやって来たのかと……」

そう言いかけたグランツは、にやにやしながら様子をうかがうアルドに気づいてうろたえた。

そして、慌てた様子でシエルの顔を覗き込む。

「どういう状況かまったくわからないのだが、少し落ち着いてほしい。その、そこで殿下が見ているから……」

グランツは彼女の細い肩を掴むかどうか思案し、困ったように手をさまよわせた。

滅多に見られない友人の姿を楽しんでいたアルドは、なかなか恋人を抱きしめないグランツに痺れを切らして文句を言う。

「おい、抱くならさっさと抱け。恋人の涙も止められないで、なにが男だ。キスのひとつでもしてやろうと思わないのか？」

「そっ、そんな簡単に言うな！　俺だって許されるなら――んんん」

うっかり勢いのまま本音をこぼしてしまい、グランツが唇を噛みしめる。心の底からおもしろがっているアルドにかまうのをやめ、再びシエルに話しかけた。

「シエル、頼むから一回離れてくれ。これでは貴女の顔を満足に見ることもできないだろう?」

ひく、とシエルは喉を鳴らして顔を上げた。

せっかくメイドたちがきれいに磨き上げたのに、目もとは赤くなっているし、グランツの胸に顔を押しつけたせいで頬に擦れた跡がついている。

「あなたに、なにかあったのかと思って」

シエルは肩を震わせ、途切れ途切れに言う。

「ご無事でよかったです……ずっとお会いしたかった……」

「私も会いたかった。だが……なんというか、場所があまりよくない」

グランツの指がシエルの目じりをすべり、止めどなくあふれる涙を拭った。

見知らぬメイドたちに触れられるのを怖がり、アルドのことも拒んだシエルが、甘えるように指を追いかける。

「ほら、泣きやむんだ」

「が……がんばります……」

シエルは名残惜しげにグランツの背から腕を引くと、自分の顔を手で覆ってしゃくりあげた。

「もう少し胸を貸したい気持ちはあるのだが、殿下の視線がうるさくてな」

どこからどう見ても恋人にしか見えないふたりを観察していたアルドは、素知らぬ顔でソファに座る。

「俺のことは気にするな。久々の再会をじっくり楽しんでくれ」

泣いていてはグランツと話せないのもあって、シエルは涙を止めようと一生懸命になる。しかしこんなに泣いたのは生まれて初めてで、なかなか思うようにいかない。

グランツも彼女が自分の感情の制御に困っているのを感じ取り、シエルの背中を撫でてあやした。

「ひとりにしてすまなかった。心配しなくとも私は元気だ。貴女も……以前よりきれいになったな。見違えた」

「ここへ連れてこられて、身体を洗われたんです。人にあんな場所を触れられたのは初めてでした」

自分の衝撃を素直に口に出したシエルだったが、内容が内容だけにグランツの顔がさらに赤く色づく。

用意させた紅茶を飲もうとしたアルドも、危うく噴き出しかけた。

「詳細は言わなくてもいい。少なくとも今は。……知らない人ばかりで怖かっただろう。もう大丈夫だ」

「はい」

ようやく落ち着いたらしく、シエルはおとなしくうなずいた。

まだ頬が濡れているのを見て、グランツがきれいに拭う。

「人前でそう泣くものではない。貴女の泣き顔は可憐すぎる」

吐息が触れる距離でささやかれ、見る見るうちにシエルの顔が赤く染まった。

グランツを好きだと自覚したせいか、彼のぬくもりも声も、なにもかも意識して体温が勝手に上がってしまう。

「も、もう泣きません」

ゆるゆると恥じらいを感じ、シエルはまたひとつ学習した。

「とりあえず殿下を待たせているようだし、詳しく話を聞かせてもらえるか？　どうして貴女がここにいるのか、なぜ……そんなに美しく装っているのか」

「私にもわからないのです」

ソファに座るよう促され、シエルは不思議そうに顔を上げた。

グランツが先に座ったのを見てから、安心してその隣に腰を落ち着かせる。

今までは並んで座る時も必ず距離があったのに、今はぴったりと肩がくっついていた。グランツに会えてうれしい、もう離れたくないという気持ちが、無意識にシエルの行動に出ているせいだ。

アルドは目の前のふたりの距離の近さに、くくっと声を出して笑った。

「こんなことなら、もっと早く呼んでやればよかったな。まさかお前の慌てふためく顔が見られるとは思わなかった」

「……俺はかまわないが、彼女をからかうのはやめろ。素直な人なんだ」

「そうらしいな。子供と変わらないようだ」

「失礼をしておりましたら、申し訳ございません」

シエルがしずしずと頭を下げる。

しかしアルドは彼女に向かって、気にしないとでもいうように手を振った。

「警戒心が強い割には簡単に流されてくれる。おかげで君を城に呼ぶのも楽だったと聞いた。魔獣はかなりごねたそうだが」

「……イルシャは私を守ろうとしてくれただけなのです」

シエルは控えめにイルシャをかばい、グランツに目を向ける。

「カセル騎士団の方はグランツ様とお知り合いでしょう。ですから、傷つけてはならないと思って……」

「気を使わせてすまないな。もっと早く貴女を紹介しておけばよかった。以前から準備はしていたんだ」

「そうなのですか？」

「いつまでも貴女が魔女と呼ばれるのは気に食わなくてな。私が対処できる範囲から、貴女がどういう女性なのかを少しずつ知ってもらおうと思ったんだ。殿下や部下たちに言わせると、どうやら私は貴女に誘惑されておかしくなっているそうだから、言葉で伝えるよりも、実際に貴女を見てもらったほうが早いしわかりやすいだろうと」

公爵家の面々にも紹介しようとしていた、と続けるグランツを、シエルは驚いた表情で見た。

「いろいろと考えてくださっていたのですね。存じませんでした」

「それはまあ……貴女のよさを知ってもらいたいというのもあったし、いいところを見せたかったし、遅かれ早かれいずれは公爵家に来てもらう予定だったし……」

「グランツ様のお家ならきっと素敵な場所でしょうね。見てみたいです」

見守っていたアルドが『そういう意味ではないだろう』とあきれと好奇心を顔に浮かべる。

「グランツは君を妻として招きたかったんだと思うぞ」

見かねたアルドに指摘され、シエルは目を丸くした。

「そういえば私、求婚されていたのでした」

はたと思い出したシエルは、気まずそうにアルドを見る。

「後でグランツ様とふたりきりでお話をしてもよろしいでしょうか。好きだとお伝えしなければいけないので」

ぐ、と隣でうめき声が聞こえ、シエルは驚いてグランツに目を向けた。

グランツは口もとを押さえて、耳まで真っ赤になっている。

「グランツ様？」

シエルが名前を呼ぶも、グランツは答えずにアルドを睨む。

「……笑うな」

グランツが止めるのも聞かず、アルドは声をあげずに腹を抱えて爆笑していた。

よほどおもしろかったらしく、目じりに涙が浮かんでいる。

「いやはや、俺も多くの女性と関わってきたが、こんな人と出会うのは初めてだ。天然というか、なんというか……変わっているな。道理でグランツが手玉に取られるわけだ。これは俺でもどう主導権を握ればいいかわからない。……試してみたくなる」

「冗談だと信じているぞ」

グランツはため息交じりに言うと、不安げなシエルの頭を撫でた。

シエルの表情が安堵に緩む。

「俺もいろいろと例の暗殺計画について考えたんだが、お前のかわいい恋人が犯人という説は消してよさそうだな」

「そんなことを考えていたのか？　ひと言も言わなかっただろう」

「言えるか。本当に誘惑の魔法にかかっていたら、どうしようもない。だから俺が見極めねばと思っていたのに……。なんで俺の前でいちゃつくくせに、まだベッドに誘っていないんだ？」

「アルド！」

シエルが飛び上がるほどの勢いで怒鳴ったグランツは、咄嗟に彼女の耳を手で押さえた。

「品のない話を聞かせるな！」

「誰も聞けないだろうから、代わりに聞いてやったんだ。むしろお前は手が早いほうだと思っていたんだぞ。戦場では誰よりも早く先陣を切るくせに、女性が相手だと防戦一方になるのか？」

「それ以上続けるなら、シエルを連れて帰るからな」

「わかったわかった。真面目な話をすればいいんだろう」

いまいち理解が追いつかなかったシエルは、質問せずに黙って口を閉ざしていた。

ここまでのアルドとグランツのやり取りを見て、なんとなく思ったことがある。

(グランツ様は、私以外の前だとちょっと雰囲気が違うのね)

主君のアルドのほうが付き合いが長いと知っていても、なんとなくもやもやした気持ちになって、グランツの服の裾を掴む。

(私もグランツ様が好きだもの)

シエルの初めての嫉妬を男ふたりが知るよしもなく、やっとアルドが背筋を正して話し始めた。

「ずいぶんと脱線したが、話をまとめよう」

アルドはシエルにもわかりやすく、グランツの身になにが起きたのかを説明した。

(だからずっと会いに来られなかったのね……)

怪我や病気のせいではないのだと知りほっとするが、大変な事態に巻き込まれているのは間違いない。

「君を城へ招待してみたのは、事件の真相についてまったく進展がないからだ。二十日もかけてなにをしているんだと思われるだろうが、刺客が残らず自害した時点で調べようがなくてな。表向きにグランツを疑うそぶりを見せても、関係者がつれる気配はないし。こうなったら怪しいものをすべて潰すつもりで、魔女の君を呼んだわけだ」

「私の疑いは晴れたでしょうか？　本当になにもしていないのです」

「ああ、もうわかっている。君はグランツのことをとても大切に思っているようだ」

「はい」

即答すると、アルドがにやりと笑う。

「だそうだぞ、グランツ。よかったな」

「……お前にだけは会わせるべきじゃなかった。おもちゃかなにかだと思っているだろう」

思い切り楽しんでいるアルドに向かって言うと、グランツは額に手をあてて息を吐いた。

「まさか。お前の言う通りかわいらしい人だし、仲よくしていきたいと思っているさ。魔女と呼ぶのもやめよう。シエルと呼んでもいいか？」

「はい、かまいません。グランツ様がつけてくださった名前なのです。私と共にいる魔獣のイルシャとミュンも……」

かつて名がなく、『あれ』と呼ばれることを当然だと思っていたシエルだが、今は違う。

誇らしげにシエルの名を胸に抱いた彼女は、グランツが初めて出会った時よりも輝いていた。

「いい名だ。ハルフェンシエルから取ったんだろう？　魔獣の名がイルシャとミュンならほかにいない」

グランツがアルドの質問を受けてうなずく。

（シエルはグランツ様の信じる女神様から、お名前をいただいたと聞いたけれど）

もの問いたげなシエルの視線に気づき、グランツは微笑した。

「ハルフェンシエルは戦女神なんだ。戦場で死んだ騎士に名誉を与え、楽園へと導いてくれる。強く優しく、そしてとても美しいとされていて、傍らにイルシャベックとミュンティーツという剣と盾の女神を連れている」

リンデンでは神にあやかって名をつけることが多いのだと説明され、シエルは満足そうにうなずいた。

「とても素敵な名です。あの子たちにも由来を教えてあげたいですね」

「ああ、またふたりで煤の森に戻ったらそうしよう」

「だから俺の前でふたりだけの世界に浸るなというのに」

見つめ合うふたりに文句を言ってから、アルドが肩をすくめた。

「シエルを呼べば、なにかしら進展があると期待した俺が馬鹿だった。先に進んだのはお前たちの関係だけじゃないか」

「進んだように見えるか？」

心なしかグランツの声が弾んでいる。

「うれしそうだな、グランツ。今のお前の姿を騎士団の連中に見せてやりたいよ。トーレイなら、まだ城にいるだろう」

「あいつにもシエルを紹介せねば」

「まず、自分の問題を解決させてからな」

アルドはグランツに釘を刺してから、ふと窓を見た。

「もう夜も遅い。お前たちも積もる話があるようだし、続きは明日にしよう。今日はシエルが味方らしいとわかっただけでよしとする」

「彼女の部屋も用意してもらえるか？　今から煠の森に帰るのは危険だ」

「は？　お前に部屋を貸してやっているだろう。そこで一緒に寝ろ」

「なっ⁉」

グランツが目を見開いて、露骨に動揺する。

「しっ、しかし……！」

「なんだ、その反応。好きな女と寝られるんだぞ、喜べ」

「馬鹿なことを言うな！　俺はお前と違う！」

「俺は別に好いた女とじゃなくても寝られるぞ」

「そういう話をしているんじゃないからな⁉」

シエルにはとても理解してほしくない品のない話に、グランツが悲鳴に似た声をあげる。

アルドは珍しすぎる友人をおもしろがり、いつまでもからかうのをやめない。

「さっきから思っていたんだが、もしかしてキスもまだなのか？　手は？　つなげたのか？」

「いい加減にしないと決闘を申し込むぞ……！」

黙って話を聞いていたシエルが答えようとした。

（キスなら、手にしてくださったわ）

しかし彼女が声を発する前に、グランツが小さな唇を素早く手で塞いだ。

「シエル、言わなくていい。頼む」

やけに必死な声で言われ、シエルは不思議に思いながら首を縦に振った。

（キスならしたってお伝えすればいいのに、黙っておかなければならない理由があるのね……？）

彼女の言うそれと、アルドが想定しているものは大きく異なっているとわかっているから、グランツは彼女を黙らせたのだった。


その夜、シエルはグランツに用意された部屋のベッドでちょこんと座っていた。

「最初からこのつもりだったんじゃないだろうな……」

落ち着かないのか、先ほどからグランツは部屋の中を行ったり来たりしている。

シエルは少し考えてから、とりあえず辺りを見回した。

シエルたちがいる寝室と、清潔感のある過ごしやすい部屋が続き部屋になっている。

寝室にはかなり大きなベッドがひとつと家具がいくつか置いてあるだけだ。

（グランツ様が三人いても、ゆっくり眠れそう）

彼が三人いるところを想像してくすくす笑っていると、グランツが足を止めた。

「その、なんだ。私は向こうのソファで眠るから、貴女はここで眠るといい」

「こんなに広いですし、お気になさらなくても」

「……お気になさるんだ、普通は」

シエルの言葉をそのまま返したグランツは、はあっと息を吐いた。

「貴女はそういうことに関して、非常に疎いというか鈍いというか……。恋人でもない男女が共寝をするのはよろしくないんだ。わかってくれ」

「恋人ではないのですか？」

シエルが尋ねると、グランツはその場で完全に停止した。思考も、呼吸まで止まっている。

彼は三つ数える間に自分を取り戻し、わざとらしい空咳をした。

「すまん、聞こえなかった。なんだって？」

動揺のせいか、アルドや団員たちと話す時の口調になっている。

シエルはベッドに腰を下ろしたまま、グランツを見つめてもう一度言った。

「私たちは恋人ではないのですか？」

「え？　……待て、いつからそうなっている？　私たちは恋人なのか？」

聞いているのはこちらだ――と思いながら、シエルは顔に不安を浮かべる。

「いつからでしょう？　ええと、城に来る前だと思います」

「貴女の中で恋人は、どうなると成立する関係なんだ……」

「お互いに好き合っていると恋人になるのでは……？　私はグランツ様が好きなので、もうそうなったのかと――」

言いかけたシエルがはっと息をのむ。

そして、見る見るうちに表情を失くしていった。

「グランツ様はもう私をお好きではない……？」

「いやそうじゃない、そうじゃないんだが」

シエルが蒼白になったのを見て、グランツは慌てたように言う。

そして彼女の前に膝をついた。

「私は以前と変わらず……違うな。以前よりも貴女を愛している。この気持ちに応えたいと思ってくれた、ということでいいのか？」

「はい」

シエルはうなずくと、自身の前に膝をついたグランツの首に腕を回して抱きついた。

「お会いできない間、とても寂しかったです。もう会えなかったらと思ったら、本当に悲しくて。以前おっしゃいましたよね、好きになったらその時にわかるって。グランツ様のいない人生は考えたくありません。ずっと一緒にいてほしいです」

「あ、ああ、うん。……うん」

最初はぽつぽつと話すばかりだったシエルにしては、ずいぶんと早口で勢いがあった。だが、残念なことに想いを告げられたグランツの思考が追いついていない。

彼はシエルの背に腕を回すと、ためらいながら抱きしめ返した。

「私でよければ、いつまでもそばにいよう。……これではどちらが求婚したのかわからないな」

グランツに答えをもらったシエルの頬が、一瞬で薔薇色に輝いた。城できれいに磨かれたのもあり、本来の洗練された美しさが余すことなくさらけ出される。

（うれしい）

シエルは頬を緩ませてグランツの手を取ると、彼の指先にそっと唇を押しあてた。

グランツがぎょっと顔をこわばらせる。

「私もしたかったのです。これでキスしたとアルド様に言っても大丈夫ですか？」

「……たとえ聞かれてもあいつにだけは言わないでくれ」

そう言うとグランツはシエルの髪をさらりとかき上げ、彼女の頬を手で包み込んだ。

「貴女は無邪気すぎる」

ゆっくりとグランツの顔が近づき、シエルの額に口づけを落とす。そして、両頬にもひとつずつキスをした。

シエルは手に触れられた時とは違う温かさと気恥ずかしさで胸が満ちていくのを感じ、ほうっと息を吐く。

「私も……今の、していいでしょうか？」

「そうすると本格的に抑えられなくなるからやめてくれ。……場所が悪すぎる」

ちら、とグランツの瞳が広いベッドを捉えた。

「恋人になったのに、我慢しなければならないことがあるのですね。てっきりどんなことでもしてよくなったのかと思いました」

「すべて落ち着いた時に改めて。……明日、ベッドから出られなくなるようでは困るだろう」

気まずげに言うグランツだったが、シエルは得意そうに胸を張る。

「早起きには自信があります」

「うん、そういう問題ではないんだな」

まだまだ彼女には教えることが多そうだと、グランツがひそかに頭を抱えているのは間違いなかった。

シエルはまったく気づかず、先ほどのキスの感触を思い出しては喜んでいる。

「恋人って素敵ですね。もっと早く求婚にお応えすればよかったです。お待たせしてしまってすみません」

「誰かを好きだと言えるまで、貴女の心が満たされたのがうれしい。その相手が私で光栄だ」

少し悩んだ様子を見せてから、グランツはシエルの隣に座った。

「出会ったばかりは、あんなに表情も乏しく、私を怖がっていたのにな。あきらめずに気持ちを伝え続けて本当によかった。ただ……今か」

「……すみません。そんな場合ではなかったですね」

ふわふわしていた気持ちを引っ込め、シエルは真面目に謝罪する。

「殿下のお話は本当なのですよね。グランツ様が今も疑われた状態にある、と」

「そうだ。領地に戻ることは許されても、実権の行使は許されていない」

それにしては城に部屋を用意されており、かなり自由な状態に見える。

（殿下はわかってくださっているようだし、城の外での話なのかもしれない）

ここへ来たばかりでよくわからないが、シエルは複雑な事情が関係しているのだろうと自身を納得させた。

「騎士団に対してもそうだ。おかげで団員たちが毎日騒がしい。ほかの人間には従いたくないだの、団長はひとりしか認めていないだの。人に聞かれているところで言わないだけ、まだ冷静なのだろうが」

「そうなのですか？」

「ああ。俺を信じてくれているからとはいえ、これは……」

言いかけて、グランツが軽く口を押さえる。

「どうも気が緩んでいるようだ。貴女の告白を受けてうわついているらしい」

シエルの前で自身を『俺』と呼んだことを気にしているようだ。

それに気づいたシエルは首を左右に振って、グランツに言う。

「私といる時も殿下や、ほかの方とお話ししている時のように話してほしいです」

「……怖がらないと約束してくれるか？　今までは行儀よくふるまっていただけで、もともと貴族にしてはかなり、その……」

「グランツ様を怖がるのは難しいと思います。好きですから」

く、と押し殺した声が聞こえ、シエルはグランツの顔を覗き込もうとした。

やんわり肩を押しのけられて、残念な気持ちになる。

「君の気持ちはわかったから、ほどほどにしてくれ。うれしすぎて理性をつなぎ留めるのが難しい」

「じゃあ、言うのを控えますね」

「それはそれで惜し――いや、君の感覚で『あまり言わない』でいてくれればいいか」

不意にグランツの腕がシエルの腰に回った。

驚いたシエルが身体をこわばらせるも、グランツは話に夢中で気づかない。

「騎士団の連中には、城に乗り込んで直談判しようとする暇があるなら、事件について情報収集をしてくれと頼んでいる。それぞれ伝手《つて》を使って調べているようだ」

シエルは心を痛めて眉根を寄せると、ふと思いついたように言った。

「その毒はもうないのでしょうか」

「なぜそんなことを聞く？　刺客の口から回収した欠片《かけら》ぐらいならば、まだあるかもしれないが……」

「もしかしたら使われている素材を特定できるかもしれません」

グランツが驚いた様子で目を丸くした。

「なんだと？　薬として生成されたものをどう特定するんだ？」

「私には魔法があります」

自分の意思ではどう扱えばいいかわからない、強大な力がシエルの中にある。ラベーラに必要とされなくなってからは、誰かの願いを叶える必要がなくなったため、そのほとんどを封印して生活していた。

「以前、ラベーラ様にも似たようなお願いをされました。鑑定とでも言えばいいのでしょうか？」

「君の魔法はそんなことまでできるのか」

グランツがシエルの魔法を見た回数は少なくない。彼女は煤の森で生活している時、飲み水を手のひらから生み出したり、簡単な火を起こしたりしていた。その程度ならば、ほかの大規模なものと違って自分の意思で行使できるからだ。

魔獣に襲われた際に使用された魔法が、グランツの見た中で最も強い魔法である。しかしそれらのどの魔法も、薬の鑑定とは結びつかなかった。

「私は自分になにができるのかわかりません。でも、もしかしたら……」

シエルは自分の手を握りしめ、ためらいながら言葉を続けた。

「できないことはないのかもしれません」


時間の無駄を惜しんだグランツは、すぐに扉の外にいた騎士に伝言を告げた。

しばらくしてアルドが薬の欠片を手に現れる。

「こんな欠片とも呼べないくずから、使われたものを特定できるのか？」

アルドが言う通り、丁寧に布に包まれた薬はほとんど粉と変わらない。

「罪人を使って、どういった毒かを特定しようとしていたのにな」

「シエルを怖がらせるような話をしないでくれ」

グランツにとがめられたアルドが文句を言う。

「過保護だ」

アルドが持ってきた薬の欠片を観察していたシエルが、彼らに向かってうなずいた。

「おそらくは問題なく特定できると思います」

「じゃあ、やってみてくれ」

興味津々で言ったアルドに願われ、シエルは薬の欠片に集中する。

(……教えて)

彼女はいつだって願うだけで魔法を発動させてきたが、今もそうだった。

淡い緑の光が薬を包み、糸がほどけるように空気に溶けていく。

「火守《ひもり》トカゲの尾、銀鴉《からす》の血……」

薬の生成に使われた素材の名前だけが、シエルの頭にふわりと浮かぶ。

彼女はそれがどういうものか知らなかったし、ひとつひとつが危険なものなのか、その辺で手に入るものかも知らない。だが、名前さえわかれば、あとはここにいるふたりが答えを見つけてくれるだろうと思った。

「それから……ミウル草」

「ミウル草？」

「ミウル草だと？」

グランツとアルドが声をあげたのはほぼ同時だった。

「単体で使えば、魔法薬の効果を高めるものだな。……セニルースで厳しく輸出を管理されている代物だ」

アルドが言うと、グランツがうなずく。

「リンデンを含め、他国にはほとんど流れない。ミウル草を使用した薬も、その辺りの刺客では簡単に手に入れられない高価なもののはずだ。資産に余裕のある上位の貴族か、あるいは……」

「――ラベーラ様」

鑑定を終えたシエルがかつての親友の名を呼ぶ。その顔は血の気を失って青白くなっていた。

「そうだわ、どうして気づかなかったの……」

「なにか思いあたることがあるのか？」

グランツが明らかにおかしな様子のシエルを心配して肩を抱き、優しく問う。

「以前にもセニルースで似たような事件があったのです」

シエルは恐ろしい事件についてよく覚えていた。

「ラベーラ様はとある貴族がとても危険な人物だからと、私に殺すよう言いました」

その時のことを思い出し、シエルは自分を抱きしめる。

しばらく会っていないのに、ラベーラの声が今聞いたばかりかのように頭の中によみがえった。

『今後のセニルースのためにならない危険な人物なの。もしかしたらこの国を滅ぼしてしまうかも。事前に対処しておかなければ、どうなってしまうかわからないわ。……だから誰にも知られず、気づかれず、自然に殺す必要があるのよ。私のかわいいお友達ならできるでしょう?』

ラベーラはお気に入りの装飾品を自慢する時のように軽く言った。

そこには他者の命を奪うことに対しての恐れもなかったし、シエルの手を自分の代わりに汚させる罪悪感も感じられなかった。

「できないと言ったら、数日後にラベーラ様が暗殺されそうになって……。囚われた刺客がその貴族の方の名を明かしたのがきっかけで、処刑が行われました。刺客も牢獄の中で毒を飲んで亡くなったと聞いています」

「それはまた、ずいぶん似た事件だな。名を出された貴族が処刑された点を除けば」

アルドの声がひどく冷たく響き、シエルは無意識にグランツの服の裾を掴んだ。

「ラベーラ王女が君に殺人を依頼したと言ったな？」

あ、とシエルは小さく声をあげる。

アルドは彼女ではなく、グランツをとがめるように見た。

「シエルは何者だ？　なぜ、王女からそんな依頼をされていた？　というより、王女と接点があったのか？　魔女と聖女として以外の、だ」

グランツはシエルの髪をそっと撫でて言う。

「セニルースの聖女はラベーラ王女殿下ではなく、シエルなんだ。彼女は長年、ラベーラ王女の影として酷使されていた。……聖獣を呼び出すはずが、誤って魔獣を呼び出したことで煤の森に追放されたそうだ」

アルドの視線がグランツからシエルに移り、説明を求める。

それを悟り、シエルはグランツの言葉を引き継いだ。

「ラベーラ様のもとでたくさんの魔法を使いました。その中に、ラベーラ様とセニルースに害をなす人物を殺してほしいという内容があったのです」

親友でしょう、と笑うラベーラを思い出し、シエルは浅い呼吸を繰り返した。

「セニルースを滅ぼしかねない悪人だから、排除しなければならないのだと言っていました。ですが……恐ろしくて」

「恐ろしい、か」

シエルはアルドの探るような視線を受け止める自信がなくて、目を伏せてしまう。

「その時に亡くなった刺客も、ミウル草の薬を服用したと言っていたはずです」

シエルが刺客を殺した原因を耳にしたのは偶然だった。

『ミウル草の毒薬を使用したようで、完全に事切れております』

『そう……。首謀者の名を出したのだから、更生するつもりなのかと思ったのに。死んでしまってはどうしようもないじゃない……』

『王女殿下が犯罪者のために涙を流す必要はございません！』

『いいえ、たとえ罪を犯してもセニルースの民でしょう。過ちを正し、ひとりでも多く光の道を歩ませたいからこそ、お父様から牢獄と罪人の管理を預かったのよ。だけどこれではお父様に会わせる顔がないわ』

シエルは、悲しそうに声を震わせていたラベーラがどんな表情をしていたか思い出せなかった。

「……考えることが増えた」

アルドが薬を慎重な手つきで布に戻し、革袋の中へ入れる。

「ラベーラ王女は偽の聖女で、シエルが本物だったと言うんだな。そして今回の事件は、セニルースで起きたものによく似ていると」

　グランツが厳しい表情で眉間にしわを寄せた。

「シエルの口を封じようと思うわけだ。まさか偽物の聖女というだけでなく、そんな真似までしていたとは。貴族が殺された理由はわからないが、シエルを殺そうとしたように、王女殿下にとって都合が悪かったのではないだろうか」

「俺の中ではほぼ黒だな。いろいろつながってしまった」

　そう言うと、アルドは忌々しげに舌打ちを漏らした。

「グランツにシエルを殺させたがっていたのは、シエルの持つ力を知っていたがゆえに共倒れになればいいと思ったからか。……お前、そこまで王女に嫌われる理由に思いあたる節は？」

「ない。お前の婚約者だから必要以上に近づかないよう、気をつけていたしな。ほとんどかかわりがないと言ってもいい」

「……だが、強大な魔力を持つ人間と戦わせてやれと思う程度には、嫌われて……あるいは憎まれているわけだ。もう少しよく考えるべきだった。俺の落ち度だ」

　だん、とアルドが苛立ちまぎれにテーブルを叩くと、驚いたシエルの肩が跳ねた。

「あの女、とんでもない悪女じゃないか」

「落ち着け、アルド」

「落ち着いていられるか。この俺があんな女の手のひらの上で転がされたんだぞ」

シエルはグランツになだめられるアルドを、悲しそうな顔で見ていた。

(ラベーラ様は本当に〝悪女〟なの……？)

グランツが教えてくれた時、シエルはラベーラよりも彼を信じたいと思ったが、心からラベーラを悪だと認めることは最後までできなかった。

魔女として処刑されかねなかったシエルを生かしたのはラベーラだ。

『みんなには私から言い聞かせておいたわ。あなたを処刑しろって言ってたけど、そんなのひどすぎるでしょう？　だからせめて追放にしてってがんばって説得したのよ』

『私のおかげで殺されずに済んだってわかるわよね？　だから、あなたを魔女にした私を恨まないでほしいの。呪うのもだめよ。それから……復讐もしないで』

直接ラベーラが手を下せば、シエルに呪われてしまうと確信していたような口ぶり。

だから彼女はアルドを、グランツを使ってシエルを排除しようとした。

(私だけならばどうとでもなるけれど、グランツ様がラベーラ様の怒りを買っているのだとしたら……)

シエルはぐっと自分のこぶしを握りしめた。

真犯人だと気づかれないよう、回りくどいやり方で目的を果たそうとするラベーラに、初めて嫌悪感と強い怒りが湧く。

「もしも本当にラベーラ様が関係しているのなら、これだけで終わるとは思えません。このままではグランツ様が危険です。守らなければいけません」

はっきりと言ったシエルに驚いたのはグランツだけで、アルドはおもしろいものを見たかのように肩をすくめた。

「この国に、お前を守ろうとする奴が存在すると思わなかったな。あのタスローを守る騎士団長だぞ？　普通は守られて当然だと考えるだろう？」

「だから俺はシエルが好きなんだ」

短いながらも想いがこもった言葉を聞いて、シエルがはにかむ。

グランツも穏やかに笑みを浮かべ、初々しい恋人たちの間に甘い空気が流れた。

「やめろやめろ。またそうやって妙な空気にしようとする。そういうのは俺がいなくなった後で――おい、グランツ。俺に手を出したら今度こそ牢獄暮らしにしてやるからな」

アルドは、グランツが品のない主君を黙らせようとしたことに気づき、身を引いてうまく逃げた。

「真面目な話をしているのに、お前は……」

「先にいちゃつきだしたのはそっちだ」

悪びれなく言われ、グランツも口を閉ざすしかなくなる。実際、いい雰囲気になってしまったのは事実だ。気まずさを隠して、話を変える。

「それで、これからどうするつもりだ」

「本当にラベーラ王女が噛んでいるのか調べたい。……まったく、続きは明日でいいと思ったんだがな」

シエルは以前グランツに聞かせた自身の生まれ育ちを、アルドにも共有する。

改めてラベーラについても情報を交換し、今後の方針を決めていく中、夜はゆっくりと更けていった。

聖女の断罪と魔女の活躍

十日後、リンデンの王城では少数の貴族を招いてパーティーが開かれた。

「突然ご招待をいただいて驚きましたわ」

セニルースから聖女がやって来ると聞き、急な話にもかかわらず多くの貴族たちが我先にと会場へはせ参じた。

アルドはにこやかにラベーラの手を取り、うやうやしく指先にキスをする。

「思いついたらいてもたってもいられなくなってな。最近、身辺が慌ただしかったのもあって、婚約者殿を求めていたようだ」

グランツが聞いたら、あまりの白々しさに顔をしかめていただろう。

「まあ、なにやら大変なことがあったと伺っていますわ。なんでも、ノイフェルト卿に命を狙われたとか。大丈夫ですの？」

「もちろん大丈夫だ。ノイフェルト卿の誤解も解けている」

「……誤解？」

ラベーラの表情が一瞬変わるも、すぐに彼女はまた笑みを作った。

注意深く様子をうかがっていなければ、アルドも気づかなかった。これまでそうだったように。

「ああ、今日は和解の場も兼ねているんだ。いきなり君を招待するなんて、礼を失している気はしたが、どうしてもこの場にいてほしくて無理を言ってしまった」

城の大広間に集まった人々が、ざわつき始める。

大扉を開いて登場したのは、騎士ではなく公爵としての正装に身を包んだグランツだった。

絹のシャツに黒のジャケット。金糸と銀糸をふんだんに使っているにもかかわらず、少しも下品さがない。左肩にかけた外套《マント》が揺らめくと、会場にいる令嬢たちが悩ましげにため息を洩らした。

普段、グランツは鎧を身に着けていることが多い。そのため、人々はもの珍しそうに公爵らしい装いの彼を見てささやいた。

「殿下の暗殺を企てたと聞きましたけど……」

「あら、別の方のお話だったのではなくて？　そうでなかったら、ここへ招待されるはずがないわよ」

「最近、よく領地の外へ出向いているそうよ。キルヒェに恋人がいるとか……」

妙な噂が耳に入っても、グランツは堂々としたものだった。

自然と左右に避けた人の波を抜け、ラベーラを連れたアルドの前にまっすぐ向かう。

そして、音も立てずに床へ片膝をついた。

「遅刻だぞ、グランツ。今、婚約者殿とお前の話をしていたところだ。先日の事件について、すでに知っていたそうでな。心を痛めている」

「これも私の不徳の致すところでございます」

ふたりの間には長い時間を共にした独特の空気があった。

アルドの口もとに笑みが浮かんでいることもあり、人々は改めてグランツにかけられた疑惑が間違いであり、無事に王家との和解が済んだのだと思ったのである。

「ラベーラ王女、グランツは俺の最も信頼する騎士だ。聖女の祝福をこいつに与えてやってはくれないか？」

「聖女の祝福……ですか」

ひざまずいたグランツを見下ろし、ラベーラがつぶやく。

彼女の視線が無意識に大広間をさまよった。多くの人々が聖女の祝福を期待し、ラベーラに注目している。

庭園に続く硝子扉のそばには、見事な銀髪を紗《ベール》に隠したシエルが立っていた。招待客に紛れ、いつでも魔法を行使させられるよう集中している。

ラベーラを見ながら、シエルは懐かしさと切なさ、そして胸の痛みに苦しんでいた。疑いたくはないが、疑う理由が揃いすぎている。もしも彼女が本当にグランツを害そうとしているなら、許すわけにはいかない。

ラベーラは欠片も焦りを見せずに、もの悲しそうに微笑んだ。

「私もアルド様の忠実な騎士様を祝福できたらと思いますわ。でも、魔女に襲われたせいで力が戻っていないのです」

この世界のほとんどは魔力を持たない人間で構成されている。ラベーラもそのうちのひとりだ。

だから彼女はシエルがいなければ、魔法を扱えない。王女の権力と、聖女として集めた偽りの名声を利用できはしても。

「ならば言葉だけでもかまわない。君の聖女としての言葉は、俺の騎士の胸に深く刻まれるはずだ」

「それだけでよろしいのでしたら……」

ラベーラが頭を垂れたグランツの前に立った時、シエルはかつてラベーラに乞われて使った魔法を発現させた。

グランツの周囲にやわらかな光が生まれる。光はふわふわと宙を舞って、広間の人々のもとに降り注いだ。

特に効果のある魔法ではない。これはただ、『聖女は特別な存在だ』と思わせるためだけの魔法《パフォーマンス》だ。

「まあ……これは……」

「セニルースの式典でも見たことがありますよ。聖女の祝福です……！」

間近で奇跡を目にした招待客がどよめくも、ラベーラの表情は信じられないものを見たようにこわばっていた。

しかし彼女は内心の動揺を隠し、アルドに向けて微笑する。

「アルド様の騎士を守りたい気持ちが、私の聖女としての力をよみがえらせたのかもしれません」

皮肉にも光を生み出すだけの魔法は、シエルがグランツを守るために――ラベーラの本性を暴く計画のために生み出したものである。

「それでこそセニルースの聖女だ」

アルドに言われて微笑むラベーラの意識は、婚約者ではなく会場の招待客に向いている。シエルがこの場にいると気づいたのだ。

だが、それをここで声高に叫べないのがラベーラだった。

彼女は賞賛され、自分を求められることに喜びを感じる。久方ぶりに受ける人々の崇拝の眼差しは、しばらく満たされなかったラベーラの心をおおいに潤した。

『いつも自慢話ばかりされたからな。あいつは他人の注目を浴びるのが好きなのだろうと思う。だから公の場で君が魔法を使っても、自分以外の魔法使いがいるとは言えないはずだ』

と、シエルの次に接点が多いアルドの分析は正しかったのだ。

やがて幻想的な祝福の魔法が消え去ると、シエルは手はず通り素早く庭園へ逃げ込んだ。

祝福を見た後は誰もが絶賛し、恍惚と聖女を見つめることになる。そんな中で動きを見せれば、辺りを気にしていたラベーラの目に必ず留まるからだ。

「ありがとう、ラベーラ王女。これで俺の騎士はいつ戦場に出向いても安心だな」

素知らぬふりをしたアルドが言うも、ラベーラは庭園に消えた人影を気にしていた。

「それはなによりですわ。――ですが私、久しぶりの魔法で疲れてしまったようです。申し訳ありませんが、少し休ませていただいてもよろしくて？」

「ああ、無理を言ってすまなかったな。また君の調子が戻った時に、ダンスに誘わせてくれ」

「……ええ、喜んで」

アルドが再度グランツに声をかけ、ラベーラは優雅に大広間を出る。

廊下を出た彼女は、事前に用意された部屋ではなく、庭園へ向かう道を求めて足早に歩き出した。

◇　◇　◇

月明かりに照らされた誰もいない庭園には、シエル以外の人影がない。皆、賑《にぎ》やかな大広間を離れて外に出る理由がないからだ。

しかしそこにかさりと草を踏む音が聞こえてシエルは飛び上がった。

薔薇の生垣《いけがき》に囲まれた石造りの小さな四阿《あずまや》に、普段とは違う装いのグランツが現れたのを見てほっとする。

「まだ王女殿下は来ていないようだな」

「はい。特に足音も聞こえていないので、この近くにはいないかと思われます。もしかしたら私を捜していないのかもしれません」

「アルドの……殿下の見立てでは、必ず捜しにくるだろうとのことだったが。本音を言うならば、捜していなければいいと思う。相手は君を利用し、傷つけた人間だ。会わずに済むならそれが一番だろう」

シエルが四阿の中にある石の長椅子を示した。正確には、自分が座る真横を。

グランツはシエルの意図を察し、やや照れた様子で彼女の隣に腰を下ろした。

「あの魔法を使うのは久しぶりでしたが、うまくやれておりましたか？」

「ああ、完璧だった。たしかにあれを見せられたら、王女殿下を聖女だと信じてもおかしくない。幻想的で美しくて……君にふさわしい優しい魔法だった。それなのに今まで利用されてきたかと思うと悔しいな」

シエルは自身の膝を強く握りしめたグランツの手に触れ、そっと首を横に振る。

「あれが救いになった人もいるでしょう。ラベーラ様がしたことだと思われていてもかまいません」

「だが、そのせいで君は魔女と呼ばれているんだぞ」

「グランツ様が私を信じてくださっているから十分です。それに、魔女でなければあなたにもお会いできませんでした」

「シエル……」

そよそよと心地よい夜風が吹き抜ける。

ふたりは見つめ合ってから、互いに頬を赤らめて同時に目をそらした。

「そういえば、パーティーに出たのは初めてか？　セニルースにいた頃は、それどころではなかったのだろう？」

短い沈黙を拒んだグランツが言う。

「そうですね。今までずっと、表に出たことがなかったので。パーティーとはこんなにも華やかな場所なのだと初めて知りました」

「君の年齢ならとっくに社交界に出ていただろうに。……そうなっていなくてよかったと思う俺を許してくれ。君の可憐さに気づく男は俺だけでいい」

不意打ちの甘いささやきが、シエルの頬をほんのり色づかせる。

「社交界でグランツ様とお会いしていたかもしれませんよ。そうしたらまた、すぐに求婚してくださいますか？」

「どうだろう。俺が君を好きになったのは、他者を慈しむ優しい心を知ったからだ。社交界で誰かが怪我を負って、それを助けたら求婚するんじゃないか」

グランツが言うと、シエルは少しつらそうな顔をする。

「グランツ様とお近づきになるには、誰かが怪我をしなければならないのですね」

傷つく人は見たくない、とシエルの憂いを帯びた瞳に心情が映し出されている。

「……君は存在しない誰かに対しても優しさを見せるんだな」

シエルの肩にグランツの手が添えられ、彼女を優しく引き寄せる。

恋人になってから、グランツは今までよりも少しだけシエルに遠慮しなくなった。

ぎこちなさも消え、着実に恋人らしい距離感に慣れ始めている。

「人を癒やすだけで好きになるグランツ様が心配です。私以外はだめですよ」

これだけは言っておきたいとシエルが釘を刺すと、グランツは意外そうに目を丸くした。

「君も嫉妬するんだな。そんな人間くさいことを言われたのは初めてだ」

「私はちゃんと人間ですよ？」

「俺の知るシエルは、もっと無感情で温度のない人だったからな。他人に慈悲を見せるくせに、自分にはとても冷たく見えた」

シエルも自分の変化は薄々察していた。

グランツの話に楽しさを覚え、自然と笑えるようになった。彼と会えない間に寂しさと悲しさを知り、胸を締めつけられる強い感情に心を揺さぶられた。彼を傷つけるラベーラに強い怒りを感じ、今はグランツの恋人になれたことを喜んでいる。

（私はずっと、両親やラベーラ様のために存在する人形だった。だけどもう違う）

シエルはグランツの肩に寄りかかった。

「まだ戸惑いはあるのです。どうすればいいのか、なにをしてもいいのか、自分で考えたことがなかったので、グランツ様に促されると困ります。……流されて人の言いなりになるばかりの私を、よく見捨てずにいてくださいましたね。ありがとうございます」

グランツが首を左右に振る。

「君はたしかに流されやすいかもしれないが、最初から自分の意思を持っていただろう。そうでなければ、見ず知らずの他人を助けようと思わないはずだ」

それに、とグランツはさらに続ける。

「惚れた弱みだ。大したことはしていない。これからも君のためにできることがあれば、どんなことでも叶えたいと思っている」

「ですが、時々私のしたいと思うことを拒みますよね……？」

自分から望んで気持ちを伝え、行動できるようになったのに、グランツはシエルの提案をたびたび断った。彼への唯一といっていい不満を話すと、気まずい顔をされてしまう。

「それは君が積極的すぎるからだ。キスをしてほしいとか、抱きしめてほしいとか、一緒に寝たいとか……。この間は俺と風呂に入りたがっただろう」

「はい。私もグランツ様を洗ってみたいです。いつもミュンを洗ってくださいますから。あの子の代わりにお礼も兼ねて。泡でいっぱいのグランツ様も見たいですしね」

「……君と話していると、自分がどうしようもなく汚れた人間に思えてならない」

彼のすべてを欲しいと思うだけなのに、グランツは許可してくれない。

「殿下にも相談してみたのですが」

「待て、誰になにをしたって？」

嫌な予感を覚えたグランツの顔に焦りが浮かぶ。

「アルド殿下です。グランツ様をお誘いしても拒まれてしまうので、どうすればいいかと……」

「よりによって、とんでもない誤解を生みそうな質問をしてくれたな」

「相談はないかと質問されたからしてみたのですが、ないとお答えするべきだったでしょうか？」

「次からはうるさいと言ってやれ。人の恋路に首を突っ込むなと」

グランツの表情はひどく苦い。しかし、アルドとシエルの間で交わされた話に興味がないわけでもないようだった。

「……それで、殿下はなんと答えたんだ？」

「『グランツが好みそうな夜着《ネグリジェ》を用意してやる』とおっしゃっていました」

「わかった、覚悟しておく」

グランツが重苦しい息を吐き、シエルの頭をぽんぽんと撫でた。

「ほかにもいろいろくださるそうです。今日のドレスもアルド様が見立ててくださいました」

「本当なら俺がそうすべきだったのだろうな」

紗で髪を隠したシエルは、薄い緑のドレスを身に着けている。細いせいか肉感的な魅力は少ないが、どこか触れがたく、この世のものとは思えない美しさがあった。目立ちすぎないよう宝石や刺繍を最低限しかあしらっていないのも、逆に彼女の魅力を引き立てている。

これまで女性の気配を感じさせなかったグランツがドレスを用意したとなると、どこからシエルの噂が広まるかわからないため、アルドが見繕ったのだった。彼の派手な〝遊び〟が初めてグランツの役に立った瞬間である。

「伝えるのが遅くなってしまったが、今夜の君はとても素敵だ。月の女神か、泉の精霊か、そういった類いのものと見間違えてしまいそうなぐらいに」

そう言うとグランツは思い至った様子で立ち上がり、きょとんとしているシエルに手を差し出した。

「王女殿下が来るまで、まだ少し時間がかかりそうだな。俺と踊ってくれないか？」

アルドが聞いたら、そっけない誘い文句にだめ出しをしていたに違いない。

しかしシエルは気にしないどころか、グランツの申し出を心から喜んだ。

「はい！　……でも私、踊れません」

「俺も苦手だ」

シエルが笑ったグランツの手を取ると、思いがけず強い力で引っ張られた。

決して広いとはいえない四阿で、ふたりは身体を密着させて音楽もないのに身体を揺らす。

「殿下に怒られてしまうでしょうか。大事な計画の最中だというのに」

「ここで待っていろ、と指示された通りにしているのだから大丈夫だろう。警戒を怠っているわけではないしな」

グランツは頭ひとつ分以上小さなシエルを見下ろし、微笑する。

「それに、君の気を紛らわせないと倒れてしまいそうだ」

「え？」

「いつもより顔色が悪い。王女殿下のことを考えているせいじゃないか」

シエルも意識していなかったことを、グランツはやすやすと見抜いてしまう。

事実、彼女はここ数日ラベーラについてばかり考えて、湧き上がるいろいろな感情に頭を悩ませていた。

計画が成功するのかどうか、アルドは大丈夫だと言ったが本当にそうなのか、グランツが恐ろしい思いをしないか、と不安でいっぱいだったのである。

（だから今も、グランツ様はわざとラベーラ様や計画の話をしなかった……？）

思えば、話題を変えたのもグランツだった。

シエルはそっと心の中で彼に感謝し、さりげないながらも自分を気遣ってくれるグランツへの好意が、また胸の内でふくらむのを感じた。

「グランツ様」

「ん？　どうした」

「私、グランツ様が好きです。大好きです」

ステップも踏まず、ただ身体を揺らすだけのダンスをしていたシエルは、グランツの肩口を掴んで背伸びをした。

形のいい唇がグランツの頬に触れて、すぐ離れていく。

「いつも私ばかりされている気がするので、普段のお返しに」

せっかく踊っていたのに、グランツの足が止まってしまった。

月明かりの下でもはっきりわかるほど、顔が赤くなっている。

「あまりかわいらしいことをしないでくれ……」

突然のキスに悶《もだ》えたグランツが彼女の頬に顔を寄せようとするも、その前にはっとした様子で素早くシエルの身体を自身の背にかばった。

その直後に現れたのは、シエルにとってもなじみのある女性だった。

「こんなところにいたのね」

鈴を転がしたようなラベーラの声は、ここまで走ってきたのか、息が切れて少し荒くなっている。

たった今まで辺りを包み込んでいた甘い空気は、夜風にさらわれて消えてしまった。

「お加減が優れないとのことでしたが、もう具合はよろしいのですか」

グランツがあくまで臣下としてラベーラに話しかける。

しかし彼女の瞳に映っているのはシエルだけだった。

「よかったわ、私の大事な親友が生きていてくれて」

ラベーラはグランツを無視してシエルに話しかける。

「どうしてこんな場所にいるの？　あなたの正体を知られたら、きっと恐ろしいことになるわ。だから帰りましょう？」

「ラベーラ様、私は……」

「王女殿下は魔女についてご存じなのですか？」

グランツはシエルの言葉を遮り、少しだけ語気に力を込める。

「そういえば、魔女に力を奪われたのだとおっしゃっていましたね。ですが貴女は今、彼女に帰ろうと声をかけた。どういう理由によるものでしょう」

「誰が私に話しかけていいと言ったの？」

歌うような声は軽やかで甘いのに、底冷えする響きが宿っている。

「下がりなさい」

「できかねます」

ラベーラがはっきりと不快感を表情に示す。

「そう……。アルド様の大切な騎士も、魔女に狂わされてしまったのね」

「その魔女に親しげに話しかけたのは王女殿下ではありませんか？」

「私はお友達に声をかけただけ。お前こそ、それを魔女だと知っていてなぜ背にかばうの？　アルド様は知っていらっしゃるのかしら？」

くす、とラベーラが上品な笑い声をこぼした。

「リンデン王国の騎士が魔女に誘惑されたなんて、素敵なお話。だからアルド様を害そうとしたのね。魔女にそそのかされたのかしら？」

「彼女を魔女と断定しているようだが、友達ではなかったのですか？　貴女の言動は先ほどから矛盾しています」

「そう？　では広間の人々に聞いてみましょうか。王子暗殺の疑いがあるあなたと、セニルースの聖女のどちらの言葉を信じるのかを」

ラベーラの視線はシエルから一瞬もそらされない。

「やましいことがないのなら、その子を人前に出しても問題ないでしょう？　彼女がなんなのか、皆の前で説明してはいかが？」

勝ちを確信している言葉だったが、グランツにはシエルから聞いた真実という武器がある。

「では、そこで聖女の魔法を披露しましょうか。本物の聖女がどちらなのかを、皆に知ってもらういい機会になるでしょう」

それを聞いた瞬間、ラベーラの顔から表情が抜け落ちた。

グランツはやはりシエルこそが本物の聖女なのだと、ようやく確証を得る。

「お前、なぜそれを」

言いかけてからすぐにラベーラは顔をしかめ、シエルを睨みつける。

「この私を裏切ったのね。あんなにかわいがってやったのに」

「教えてください、ラベーラ様」

シエルがグランツの背から出て、ラベーラに問う。

「私を利用していたのですか？　親友だと言ってくださったのに」

「私、頭の悪い子は嫌いよ」

ラベーラの長い髪が風に揺られてなびいた。

「利用？　笑わせないで。それがお前の価値だっただけ。私のために生きて死ぬのがお前の役目でしょう？　大切にしてあげたわよね。親友だと言ったことも覚えているのよね？　だったらこれから、なにをすべきかわからない？」

「ラベーラ様……」

「この男を殺してお前も死になさい。どうしても生きていたいのなら、また面倒を見てあげる。魔獣を呼び出した失敗も許してあげるわ。今度こそうまくやれるわよね？」

シエルは唇を震わせながら、ラベーラに言い返そうとした。

（ラベーラ様はまた私を自分の影にしようとしている。……ううん、しなければならないのだわ。さっき、聖女の力が完全に消えたわけではないと明かしたようなものだもの。私がいなければ、ラベーラ様は聖女でいられなくなる）

計画を話したアルドがどこまで計算していたのか、シエルは知らない。

『君がもう一度彼女を聖女に仕立て上げたら、取り戻そうとするんじゃないか』

アルドは自身の婚約者への理解が深かった。積極的にほかの女性と浮き名を流してはいるが、ラベーラについて知ろうという気はあったらしい。

「私は誰も殺しません。グランツ様でなくても、絶対に」

それを言うだけでシエルの心は引き裂かれそうなほど痛んだが、ラベーラと決別しなければグランツを守れないとわかっていた。

「ラベーラ様のもとにも戻れません」

「じゃあ、死んで？」

『そこにあるお菓子を取って』と言うのと変わらない軽い口調だった。

「シエルを死なせはしない」

グランツが表情を引き締めて、ラベーラと対峙する。その手が剣にかかっているのを見たラベーラは、口もとに手をあててくすりと笑った。

「どうやって？　私にはなにもできないかもしれないけれど、お前たちも私になにもできないのよ。真実を知ったところで、私がセニルースの王女であることに変わりはない。傷などつけたら、リンデンとセニルースの関係はどうなるでしょうね」

シエルは咄嗟にグランツの服を掴んだ。

「剣を抜いてはいけません」

「わかっている。ああして俺を挑発しているのだろう」

ラベーラの策略に乗るほど、グランツは短気ではなかった。

悔しいが、ラベーラの言葉は正しい。彼女が聖女の真実を知るふたりに本性をさらけ出しても、シエルたちにはどうすることも叶わないのだ。

後の憂いを絶つためにラベーラを傷つければ、セニルースが黙っていない。

特にセニルースの国王は娘を盲目的に溺愛している。真実を追求する間もなく、報復のためにリンデンへ攻め込む可能性だってあった。これまでに愚かな判断をさらさずに済んだのは、ラベーラが完璧な王女を演じ、問題を秘密裏に処理してきたからである。

だからラベーラが国王を後ろ盾に好き勝手している以上、おいそれと手出しはできない——はずだった。

「なんだ、こんなところでもパーティーが開かれていたのか？」

楽しそうな声と共に、アルドが姿を見せる。

「物騒な話が聞こえてきたのは気のせいじゃないな。――ラベーラ王女、どういうことだ？」

「アルド様……どうして」

ここにアルドがやって来ると思わなかったのか、ラベーラの顔から余裕が消える。

「婚約者殿の姿が見えないようだから、捜しに来た」

アルドの白々しい嘘を信じたのは、ラベーラだけだろう。

シエルもグランツも、アルドがここへやって来るまで待っていたのだから。

公爵位とはいえ一介の騎士と、名前すらなかった少女では、ラベーラに手が届かない。だが、彼女と同じ立場にある一国の王子が相手ならば話は変わってくる。

「ラベーラ王女は聖女だと聞いていたが、事実ではないようだな。そちらの女性を利用し、自身を聖女だと見せかけていたと。魔女を討伐してほしいと再三俺に言ったのは、秘密を隠すためか？」

すでにわかっていることだったが、アルドは言葉を失ったラベーラに改めて問う。

さらに彼は、ようやく冷静さを失った彼女に続けて話しかけた。

「俺に刺客を放ったのも、魔女が関係しているのだろうな」

「アルド様のおそばに、魔女の息がかかった者がいてはなりませんもの。アルド様を殺そうとしたのではなく、誘惑に狂った者を排除しようとしただけです」

噛み合っていない会話だが、ここにいる全員はラベーラの言葉を正確に理解した。

しかし、彼女はなにも言うべきではなかったのだ。

「本当に君が刺客を放ったのだな。もしかしたら、ぐらいで考えてはいたが、素直に話してくれるとは思わなかった」

彼女はたった今、自分の口でグランツを貶めようとしたと明かした。

くっとラベーラが唇を噛む。

聖女の真実を知られていたために、暗殺事件の真実も暴かれていると誤解し、口をすべらせてしまったのだろう。

「では、私をどうなさいますの？」

それでもラベーラは声を荒らげることもなく、嫣然《えんぜん》とした笑みを浮かべて尋ねた。

「アルド様のお言葉でしたら、父も聞かざるをえないでしょう。私になにをお望みですか？」

「ひとまずは婚約破棄だろうな」

さっとラベーラの顔色が変わった。

「そう……。そうね、そうなるのは当然でしょう。ですが私は、アルド様を心からお慕いしております。魔女と、魔女に心を奪われた騎士から守ろうとしたのも、それが理由ですわ」

シエルはラベーラの傷ついた表情を目にして、彼女が本当にアルドを慕っていたのだと気づいた。今までに見たことのない表情だったからだ。

「君が俺を好きだからといって、されたことを許すと思うか?」

「少しの慈悲も与えてくださらないのですか……?」

「ああ。それだけのことをされたと思っているが、君の認識では違うらしいな」

ラベーラが視線を伏せ、寂しげに微笑む。とても演技には見えない。

「アルド様は私のことを、なんとも思っていらっしゃらなかったのですね……」

「王族の結婚に恋愛感情は必要ないだろう? いい夫婦にはなれるかもしれないが、恋人にはなれない」

再びラベーラが口を開こうとするも、アルドはそれを制して苦笑する。

「だが、あまり今回の件を公にするのも好もしくない。俺としてもセニルースとの関係は保ちたいしな。だからここで聞いたことは胸に秘めておこうと思う」

「……では、婚約破棄の件は」

「なにも聞かなかったことにするのだから、婚約も破棄しない。その代わり、君には品行方正に生きてもらう。俺の騎士にも、その恋人にも手を出さないと誓え。そして聖女の真実を国民に公表するんだ」

シエルはそれを聞いて、アルドに視線を移した。

ラベーラの件をどう解決させるのか聞いていなかったが、まさかシエルの名誉を回復させようとしているとは思わなかったのだ。

「どうする、ラベーラ王女？　俺を愛しているというなら、このぐらいの条件は飲めるだろう？」

シエルがふるりと震え、息をのむ。

気さくでおもしろい男だと思っていたアルドの冷酷な一面に、衝撃を受けたためだ。

「……すぐには難しいでしょう。真実を公表するなら、その場も用意しなければなりませんし」

意外にもラベーラはアルドの提案をのもうとしていた。

（『愛』ってそんなにも重いものなの……）

シエルとグランツの間にあるものはもっと穏やかで温かいのに、ラベーラがアルドに抱くものはとてもそう見えない。

たとえ破滅しようとただひとりの願いを受け入れる姿は、シエルの目に自分自身と重なった。

（私がもし、『人間らしく』なれなかったら）

シエルも自分にかまわず、乞われるまま願いを叶え、従ってきた。

流されて受け入れるばかりの自分でい続ければ、グランツとの関係もいびつになっていたのかもしれない。

そうならなかったのはグランツがシエルになにも望まなかったからだ。

「今すぐ大広間に戻って公表してくれてもかまわないぞ？」

「……いいえ。私はセニルースの聖女だったのですから、セニルースの民の前で明かすのが筋でしょう。……そこに本物の聖女がいるとしても」

ラベーラは感情のない目でシエルを捉え、淡々と言う。

「ひと月……いえ、三月《みつき》いただけますでしょうか。年が変わってから、建国祭が開かれます。そこで真実を話すというのはいかがですか？」

「君にとってそれが一番都合がいいなら。ただしそれ以上は待たない。セニルースの建国祭で真実が明かされなかった場合は、正式に婚約破棄を申し出る」

「承知いたしました。契約書でもお作りいたしましょうか？　『建国祭にて真実を公表しない場合、ラベーラ・ディル・セニルースはアルド・ウィン・リンデンとの婚約を破棄する』と」

彼女が今までにしてきたことを考えると、不気味なほど素直だった。

それがシエルには悲しい。

（そこまで殿下を愛していらっしゃるのに、殿下には応える気がない……）

アルドは最初からラベーラを愛しておらず、夫婦になってからも愛をはぐくむつもりがない。彼女の嘘が暴かれなくても変わらなかったとはいえ、アルドのために名誉さえ捨てられるラベーラには残酷な結末だ。

「よし、後で契約書の作成をしよう。――グランツ、シエル。これでラベーラ王女の件は終わりにしたい。かまわないか？」

アルドに問われ、先にグランツが答える。

「殿下の判断に従います」

「シエル、君は？」

シエルはアルドとグランツ、そして暗い表情のラベーラを見てうなずいた。

「かまいません」

ラベーラ自身がシエルを利用していたことを認めたが、シエルには彼女を憎みきれない。

見世物にされていたシエルを引き取り、親友と呼んで心の支えになったのは、まぎれもなくラベーラだからだ。

「ラベーラ様も幸せになれるのなら、それが一番だと思います」

ラベーラは反応しなかったが、アルドは鼻を鳴らした。

「君の優しさは偽善的だな。ラベーラ王女の放った刺客や、これまでに奪われてきた命にも、彼女の幸せを願っていると言えるか？」

グランツがなにか言いたげにするも、シエルはその前に返答する。

「私には正解がわかりません。だから、これから失われるものがなければいいと思ってしまいます。それに私も、ラベーラ様に少しも救われなかったわけではありませんから」

ラベーラがいなければ、グランツにも会えなかった。

その一点において、シエルはラベーラに対して純粋に感謝の念を抱いている。

「そうか、意地悪な質問をして悪かった」

アルドが納得したかは怪しかったが、やや強引に会話を打ち切られる。

「さて、パーティーが終わるまでもう少し時間がある。最後まで楽しもうじゃないか」

大広間に戻るアルドの後をラベーラがしずしずとついていく。

「グランツ様もお戻りになりますか？」

「いや、君をひとりにしたくない」

なぜグランツはひとりになりたくないという気持ちをわかってくれたのだろうと、不思議に思う。

「では、一緒にいてください」

シエルにも心を落ち着かせる時間が必要だった。

ラベーラの問題が解決し、グランツの名誉も無事に回復した。

再び煤の森がシエルにとって素敵な場所に戻る。

「しばらく見ない間に大きくなったな」

グランツがミュンを木桶にいっぱいの水で洗いながら言う。

「きゅうう」

彼の言う通り、ちょこちょこと動き回っていたミュンは母親の半分ほどの大きさになっていた。動きも今まで以上に活発になり、最近は小型の獣や鳥を狩ってはシエルに見せびらかしている。

「大きくなるのはいいことなのですが、いたずらする回数も増えてしまって。よくイルシャに怒られています」

シエルはというと、グランツがミュンをきれいにしている間にイルシャの背をブラシで梳いていた。

ひと撫でしただけで、ブラシにはたっぷりと黒い毛がまとわりつく。何度繰り返しても減らない抜け毛は、シエルの足もとでこんもりと山になっていた。ここにもう一匹子魔獣がいる、と言っても信じてしまいそうな量だ。

「ね、イルシャ」

シエルが話しかけると、イルシャは口を大きく開けてあくびをした。

ゆらりと揺れた尻尾がシエルの背中をぽふぽふと叩く。

外気はずいぶんと涼しくなり、冬が近づいてきていることを教えていたが、シエルはグランツが訪れなかった頃より今のほうが温かいと感じていた。

ふたりは無事に恋人になった今も、以前とほぼ変わらない距離を保っている。

「そういえば、またしばらく会いに来られなくなるかもしれない」

きれいになったミュンを木桶から出したグランツが言う。

シエルはイルシャを撫でていた手を止め、不安げな顔をした。

「なにかあったのですか？」

「国境付近が少し騒がしくてな。最近おとなしくしていたワレスの仕業のようだ」

ワレスとはリンデンの西に位置する小国だ。リンデンとは友好的とは言いがたい関係で、昔から小競り合いが絶えない。ゆえに西の国境にはグランツ率いるカセル騎士団が睨みをきかせている。

「俺も長くタスローから離れるわけにはいかない。本当は君を連れていければいいんだが……」

グランツが眉間にしわを寄せて残念そうに言った。

「お忙しい時に必要以上の問題を抱える必要はありません。魔女の誤解を解くのに時間がかかるのもしかたのないことですし、お気になさらないでください」

「すまない。俺が不甲斐ないばかりに」

シエルは自分のために部下たちや公爵家の人間を日々説得するグランツを思って、首を左右に振った。

(本来なら、私が動くべきところをグランツ様が対応してくださっている。私にもできることがあればいいのに)

グランツの名誉が回復しても、シエルはそうではない。ラベーラの嘘が明かされれば、それもまた変わってくるのだろうが、その日まではまだ時間がある。

本物の聖女の存在が明かされてからでもかまわないと伝えているのに、グランツはなるべく早くシエルを自領に招待したいようだった。

本格的に冬がくれば、煤の森の家での生活はいっそう厳しいものになる。以前よりずっと快適になったとはいえ、本来は人が住む場所ではないからだ。

「いっそ我が家にこっそり匿うという手もあるか。……いや、君を狭い部屋に閉じ込めたくはないな」

グランツはシエルの過去を知っているからこそ、彼女のためだからという理由があっても無理を強いない。温かい部屋と食事を与えられても、彼女が大手を振って外を出歩けなければ意味がないと考えているようだった。

「君の生活に不自由がないよう、いろいろと用意しておかねば。今のうちに思いつくものがあったら、遠慮なく言ってくれ」

「ありがとうございます。グランツ様が来てくださるだけで十分です」

「君はいつもそう言ってくれるな。しばらく会えなくなるのが本当につらい」

手を拭ったグランツが、水しぶきを飛ばしながら駆け回るミュンを従えてシエルのもとへやって来る。

シエルはイルシャの毛づくろいをするのをやめ、あたり前のようにグランツの腕に飛び込んだ。

「どうかお気をつけて。グランツ様になにかあったら、また泣いてしまうと思います」

「なにがあっても君のために戻ってくる。泣き顔は見たくないからな」

ふたりは顔を寄せて、こつんと額を重ねた。

キスをすべきところでもしないのは、グランツの気持ちの問題である。

「国境が落ち着いたら、改めて求婚してもかまわないか？」

「もうお受けしたつもりでしたが……？」

「きちんと必要なものを用意した上で、と思ったんだ。以前は勢いで言ってしまったし。ちゃんと区切りを用意したいというか、適当に済ませたくない。胸を張って君を……妻と呼ぶためにも」

グランツがほんのり頬を染めながらはにかむ。シエルもつられて微笑した。

「それまで君へのキスは我慢しておく。止まらなくなりそうだから」

「いつかしてくださいますか？」

「ああ、約束する」

骨ばった男性的な指が自分の唇をなぞるのを感じ、シエルの胸がとくりと音を立てる。

(ここへのキスは、また今度)

彼に心を許し、懐き始めた頃のシエルと違い、今の彼女はかなり落ち着いた。なにかとグランツにくっつくことも、手や頬へのキスをされたがることもない。グランツが懇切丁寧に教えたおかげで、恥じらいを覚えたからだ。

シエルから距離を詰めなくても、グランツから彼女に触れたり、抱きしめたりすることが増えたおかげもある。

恋人になってから接触が増えたのを理解していたシエルは、妻になった時にどんな素敵な触れ合いが待っているのだろうと、今から楽しみにしていた。

「さて、また茶を淹れてくれるか？　ミュンのせいで身体が冷えてしまった」

「はい」

グランツの言う通り、彼のシャツは水を跳ね散らかしたミュンのせいで濡れている。名前が聞こえたためか、呼ばれたと勘違いしたミュンが勢いよくグランツの腰に突撃した。

「こら」

すっかり乾き、空気を含んでふわふわになった黒毛をグランツが撫でまわす。ミュンはうれしそうに甘えた声をあげて鳴き、溶けるのではと心配になるほど彼の手を舐めた。

こうしていると普通の真っ黒な犬にしか見えないが、ミュンはイルシャの――魔獣の娘である。いずれ人々に恐れられる存在になるかもしれないと思うと、シエルは少し悲しかった。

（だからグランツ様のもとに行くのが怖い）

人間が大勢生活しているタスローの街には騎士の関係者が多いと聞いたが、当然一般人もいる。

領主のグランツが得体の知れない女だけでなく、魔獣の親子まで連れてきたと知ったら、彼らはグランツをどう思うだろうか。

（私への疑いが晴れても、あなたたちが魔獣であることに変わりはないのよね）

シエルはグランツとミュンがたわむれる横で、近寄ってきたイルシャのたてがみに顔を埋めた。

もふり、と温かな毛並みに包まれ、独特の獣くささが鼻をつく。妙に香ばしく、癖になる獣くささはシエルを安心させてくれた。

（あなたは私が追い出された時から、ずっとそばにいてくれた。だから離れたくない）

グランツの妻として生活をするなら、魔獣の親子と一緒にいられなくなるだろう。

たとえシエルが追い出された原因がイルシャだとしても、心の支えになってくれた二匹と別れたくなかった。

だからシエルは、グランツが心を砕いてくれているのに、彼のもとへ行くための努力を積極的にすることができない。

（幸せになるなら、みんな一緒がいい……）

グランツの想いを理解しているから、彼には言えない。

イルシャはシエルの気持ちを察したらしく、喉を鳴らして彼女に顔を擦り寄せた。

「あなたの分もお茶を用意してあげるわね」

イルシャを撫でてから、茶を淹れるために家へ向かう。

胸に込み上げる嫌な不安は、意図的に無視した。

◇◇◇

「お別れは済ませてきたんですかね？」

夕方過ぎ、グランツが騎士団の宿舎に向かうと副団長のトーレイが話しかけてきた。

「嫌な言い方をするな。しばらく会えなくなると伝えただけだ」

「……そうじゃないと我々も困りますから」

「彼女を妻と呼ぶ前に死ぬものか」

グランツの表情は厳しく、トーレイの顔もこわばっている。

彼はシエルに現状のすべてを伝えなかった。

国境のケベク砦からは、ワレス軍の総数が二万を超えると連絡を受けている。

砦には二千のリンデン軍、そしてタスローに控えるカセル騎士団はおよそ五千の軍勢だ。圧倒的な数の差は、騎士たちの士気を下げていた。

「なに、ケベクでの戦い方は俺たちが一番よく知っている。数で負けていようと、簡単に取られるはずがない」

現在も戦闘が行われている砦には、王都に居を構えるオシュテル男爵の手勢が控えている。もとはグランツがカセル騎士団を率いて向かうはずが、その前に伝令が届いたのだ。

「最初からうちが戦闘に参加していればそうでしょうけどね。なんだって突然、オシュテル卿がしゃしゃり出てきたんです？」

「殿下のご命令に異を唱えるつもりか？　誰に聞かれるかわからんぞ」

「ですが、団長も妙だと思っているでしょう？　あのアルド殿下が、団長以外の人間をケベクに行かせますか？」

トーレイの言葉はもっともで、グランツも突然の伝令には困惑していた。

しかし書状に記されたリンデン王家の紋章は何度も見たものだったし、アルドの署名もあったのだ。

「俺たちは今まで通りに働くだけだ」

グランツは答えを避けて言い、トーレイに向かって苦笑した。

「明日は早い。よく休んでおけ」

「皆にも伝えておきます」

「ああ、頼む。間違っても酒盛りなどさせるなよ」

トーレイが立ち去ると、グランツは一通り宿舎の騎士たちに声をかけて回った。団員たちがほっとした様子を見せるたびに、グランツは自分の背負ったものの大きさを実感する。

（シエルも不安そうだった）

しばらく会えないと伝えた時、シエルは心細そうにグランツを見つめた。

（……必ず迎えに行かなければ）

また彼女が煤の森でグランツを待って、ひとり寂しく泣くようなことがあってはならない。

無事にシエルと再会しようと、グランツが決意を新たにした時だった。

「団長！　大変です！」

蒼白な顔をした騎士がグランツのもとへ駆け寄る。

「どうした」

ただごとではないと察し、周囲にいた騎士たちも集まってくる。

駆けてきた騎士は必死に呼吸を整えながら、悲鳴のような声で叫んだ。

「ケベク砦が落ちました……！」

◇　◇　◇

グランツと別れた翌日、シエルは雲に覆われて暗くなった空を見つめ、ミュンを撫でていた。イルシャもそばに寄り添い、彼女の不安を紛らわせようとする。

「なんだかとても嫌な予感がするの」

イルシャがシエルを見て、頭を伏せた。

「……私にできることはあるのかしら」

シエルは立ち上がると、家の中から木桶を引っ張り出した。手のひらから魔法で水を出し、桶の中を満たしていく。

やがて桶がいっぱいになると、水面は鏡のように光を反射した。

不穏な暗い雲が映り、シエルの中にある得体の知れない焦りを煽る。

（どうか、見せて）

以前、グランツの訪《おとな》いが途切れた時は恐ろしくて行使できなかった魔法を操ると、水面に映るはずのない像が現れた。

頭の中で像を結ぶよりも、このほうが負担が軽い。シエルは無事に魔法を使えたことにほっとしながら、映像の中にいるはずのグランツを捜す。

（なんてひどい……）

そこは戦場だった。

騎士たちが剣や槍を振るい、倒れ伏し、地面を赤く染めていく。

耳をふさぎたくなるような悲鳴や、同じ人間を斬り捨てて響く歓声。逃げようとした騎士の背を、後ろから矢の雨が襲った。

魔法が飛び交い、辺りに火の手が上がる。巨大な火球に巻き込まれた騎士たちを見て、シエルは思わず目をそらしてしまった。

きゅう、とミュンが小さな鳴き声を漏らしてシエルの服の裾を引っ張る。

シエルが再び水面に目を向けると、そこにはひどく疲れた表情のグランツがいた。

ミディイルに騎乗し、近くにいた敵のひとりを長剣で屠る。

『まさかオシュテル男爵が寝返っていたとはな』

砦と思しき建物の前で、グランツは見覚えのある男と話していた。以前、シエルを王城へ連れていったカセル騎士団の副団長、トーレイだ。

先ほどのひとりで戦闘にひと区切りついたのか、辺りは不気味なほど静かである。

『アルド殿下の書状はやはり偽造したものだったのでしょうな。しかしどうやってあれほど精巧なものを……』

『考えるだけ無駄だ。今はひとりでも多く殺せ。俺たちが生きて帰るために』

『なにがなんでも死ねませんよ。団長の結婚式にも出なきゃなりませんしね。あ、酒は一級品で頼みます』

『……お前の軽口に笑う日がくるとはな』

ほろ苦い笑みを浮かべたグランツのもとに、顔に生々しい傷をつくった騎士がやって来る。

『団長、ヘッセン隊との連絡が途絶えました。これで俺たちは、完全に孤立したってわけです』

『なんだと』

『敵が身内にいたんじゃ、動きも筒抜けだ。オシュテルがうまいことやったんでしょう。……どうします？』

裏切り者の名を聞くなり、グランツの顔にはっきりと怒りが浮かぶ。

水鏡を介したシエルでさえ、燃えるような激しい怒りを感じて震え上がった。

『殺してやる』

短いたったひと言にグランツの感情のすべてがこもっていた。

シエルは今までに彼のそんな表情を見たことがなかった。

なぜアルドがグランツを『戦うことが好きそうな男』と言ったのか、初めて理解する。

彼はかわいい魔獣の子供とたわむれ、シエルと優雅にお茶会を楽しむような人間ではないのだ。本当の居場所は、水面に映し出されている血塗られた戦場なのだろう。

『トーレイ、王都から援軍が来るまで持たせろ。可能な限り仲間を集めてタスローで迎え撃て』

『おいおい、今の聞いてました？　俺たちは孤立してるんですよ。どうやって敵の包囲を抜けてタスローに戻れって言うんですか！』

『俺が道をつくる。この首ひとつでどれほど引きつけられるかはわからんが、無視はできまい』

『なにを馬鹿な！　いくらあんたでも無理に決まってます！　万が一、団長の身になにかあったら……！』

『そのためにお前がいるんだ。——行くぞ、ミディイル』

グランツに応え、ミディイルがいななないた。

『団長！』

ワレスの旗を掲げた敵の一団が近づくのを見るなり、グランツはまっすぐ愛馬を走らせる。

再び目を閉じそうになったシエルだが、その前にグランツの長剣が向かってきた敵のひとりを斬り捨てた。

『お、おい、まさかあれは……』

圧倒的優位に立っているはずなのに、敵は黒馬を駆るたったひとりの男の前で勢いを殺し、その場に足を止めてしまった。

グランツは及び腰になっている騎士たちを鋭い眼差しで睨みつけ、冷たい声で言い放つ。

『名乗りは必要なかろう。来い』

息をすることさえ忘れた敵軍は、目の前の男が何者なのかを知って気を奮い立たせた。

『カセル騎士団のノイフェルト卿か！』

『奴の首を取れば俺たちの勝ちだ！』

わっと敵の騎士たちが向かうのを見て、シエルは今度こそ水面から目をそらした。

「イルシャ」

シエルが泣きそうな顔で、映像を覗き込んでいた魔獣を抱きしめる。

「グランツ様を助けて」

精神状態が不安定になったからか、水面の映像が途切れてもとの水に戻った。

「どうすればいいのかわからないの！　あの人を助けなきゃいけないのに……！」

イルシャを抱きしめながら、グランツの助けになるような魔法を何度も想像し、心の中で願うも、まったく叶った実感がない。ラベーラに言われて雨を降らせたこともあったのに、水の一滴も落とせないのだ。

(こういう時に、必要な魔法も使えない私のどこが聖女なの！)

今までシエルは両親やラベーラに願われることで、大きな魔法を使ってきた。同じだけの力を発現させなければならないのに、焦りが募るばかりで思う通りにならない。

「どんな魔法でもいいから、お願いよ……！」

激しい絶望を宿した叫びが、煤の森に虚しくこだまする。

イルシャは知性を湛えた瑠璃色の瞳でシエルを見つめると、無力感に苛《さいな》まれる彼女の頬を鼻でつついた。

ぐるる、と喉を鳴らしたイルシャに応え、ミュンがぴょこんと跳ねる。

「きゅう！」

イルシャはシエルに額を押しつけてから、すぐに背を向けて風のように走り出した。

「イルシャ⁉」

シエルの呼びかけにも答えず、あっという間に姿が見えなくなる。

残されたミュンがシエルの手を甘噛みし、その場に座った。

「きゅうん」

きりりとした顔つきは、いたずら好きで遊びたがりのミュンのものとは思えない。

「……私も動かなきゃ」

イルシャはシエルの叫びに応えて、グランツを助けるために戦場へ向かったのだ。

シエルが立ち上がったはずみに、木桶の水がこぼれる。

「書状が偽造されたと言っていたわ。アルド殿下は知っているのかしら？　もしご存じないなら、伝えないと。オシュテル卿が寝返ったことも含めて」

荷物は必要なかった。シエルはミュンを引き連れ、いつもグランツがやって来る道を駆け出す。

不意にシエルの隣で子魔獣の身体が溶けた。

正確には溶けるように不定形になり、まばたきする間に母親よりもひと周りほど小さな姿まで成長した。

「くうん！」

そしていくぶん低くなった鳴き声で、自分の背に乗るようシエルを促す。

「ありがとう、ミュン」

なぜ突然、ミュンが成長したかを考える余裕はなかったが、ミュンもイルシャと同じくシエルの願いを叶えるため、手を貸そうとしているのはわかった。

「キルヒエへ向かって。道はたぶん、教えられるわ」

シエルはミュンの背に乗り、一度だけ行った場所を思い浮かべて魔法でミュンに伝達する。あわせてアルドの容姿も伝えた。

言葉を交わしたことのあるアルドであっても、グランツ以外の人間と接するのは抵抗がある。しかし、彼がどういう状況にあるか知った今、のんびり待っていることはできなかった。

ずっと受動的に生きてきたシエルが、初めて自分の意思で決断する。

（どうかご無事でいて）

ミュンの背中に揺られながら、シエルは強く願った。

◇　◇　◇

オシュテル男爵は震えていた。

甘言に乗り、誘われるがまま従って、隣国ワレスの軍をケベク砦に引き込んだまではいい。

自らの手勢は二千。その背後には二万の軍が控えているのだから、たった五千にしかならないカセル騎士団など、赤子の手をひねるがごとく潰せるはずだった。

しかし今、砦の前は地獄絵図と化している。

染めたのかと思われるほど地面が赤黒く変色した中、もの言わぬ騎士たちの山があった。

つい先ほどまで、敵の大将の首級をあげようと鬨《とき》の声をあげていた騎士たちは、惨状を生み出した黒い騎士に手も足も出ないでいる。

愛馬のミディイルを失い、退路を断たれ、完全に孤立したグランツだ。

仲間を、国を、そして大切な恋人を守るには、援軍が到着するまでタスローを守らねばならない。その時間を稼ぐためには、他国にも名が知れたグランツが敵を引きつける必要があった。

「相手はたったひとりだ！　さっさとやれ！」

鎧を身にまとい、味方に囲まれ安全な場所にいても、オシュテルの震えは止まらない。

――なぜ、まだ生きている？

際限なく恐怖を煽る疑問を抱いているのは、オシュテルだけではなかった。

命令を受けた騎士たちが互いの顔を見合わせ、誰が先陣を切るかとうかがっている。なかなか前に出られないのも無理はない。彼らはたったひとりの男が、仲間たちを蹂躙《じゅうりん》したところを目の前で見ている。

ふ、とグランツが笑った。

恋人に見せるものとは違う、獰猛《どうもう》な獣の笑みだった。

血色の瞳が暗い色をはらみ、味方の背後で騒ぐばかりのオシュテルを捉える。

「俺を殺したいのなら、お前自身が来ればいい。左腕も失った男に、なにをそう臆することがある？」

グランツが言う通り、彼の左腕は不自然に力を失って垂れ下がっていた。矢の雨を浴びたミディイルが横転した際に折ったせいだ。さらにグランツの肩には矢が突き刺さっており、呼吸がひどく荒い。

この場に彼の味方がいれば、すぐに戦線を離脱させて休ませていただろう。敵と言葉を交わしている余裕などないひどい怪我だ。立っているだけでもやっとなはずなのに、グランツは地面を踏みしめて敵を威圧し続けていた。

(俺が生きている時間が長ければ長いほど、救われる者の数が増える)

実際、オシュテルの兵はタスローに向けて敗走するカセル騎士団の団員たちよりも、その長であるグランツの首に執着した。

戦において大将首を取ることの重要さを理解しているからである。

だから、グランツは自身を囮に生き残った仲間を守ろうとした。仲間たちがワレス軍を止められれば、大切な恋人も傷つかずに済む。

(誰かのために戦うとは、こういう気分なのか)

これまでグランツはずっと、主君のため、国のため、そして自分の責務を果たすために戦ってきた。

なにかを守りたい気持ちは義務から来るもので、それ以外の思いを抱いたことは一度もなかったというのに、今は違う。

(俺がシエルの居場所を守らねばならない)

強大な魔法を扱おうと、魔獣を従えていようと、グランツの目に映るシエルはいつだってか弱く儚い少女だった。

ゆえにグランツは瀕死の状態にあっても剣を握り、敵の前に立ちふさがる。

文字通り命を燃やしたグランツの気迫に怖気づいているのか、敵はまだ動こうとしない。

グランツは目の前がかすむのを感じ、唇を強く噛みしめて無理やり意識を保つ。

「は、早くやれ！　名誉が欲しくないのか！」

オシュテルの必死な叫びが聞こえ、グランツはまた笑った。

(名誉だと？　祖国を裏切った者の言うことか)

手負いの獣ほど恐ろしい生き物はいないということを、オシュテルの兵は思い知る。

グランツから動く必要はないから、相手が動くのを待つばかりだったが、あまり時間は残されていなかった。

(さすがに血を流しすぎたな)

感覚はずいぶん前から麻痺していて、痛みもつらさも感じない。今のグランツの頭の中にあるのは、背負った命の多さと、子供のように泣く恋人の姿だけだった。

(こんなことなら、強がらずにキスをしておけばよかった)

刻一刻と終わりが近づくのを感じながらも、グランツの瞳に宿った炎はいまだ消える気配がない。

「くっ……うあああ!」

極限の緊張と恐怖にさらされ、耐えられなかった若い騎士がグランツに向かって斬りかかる。

グランツは重心を落とし、普段より重く感じる長剣を横向きに振るった。

遠心力を利用して勢いをつけるも、剣先はわずかに届かず、騎士の鎧の表面をかく。

耳障りな金属音が響いた。

騎士の剣がグランツの命を狩ろうとした瞬間――。

「ま、魔獣だ!」

動けずにいた騎士のひとりが、グランツの前に降り立った大きな黒い獣を見て絶叫する。

魔獣が空気を震わせて咆哮したかと思うと、果敢にもグランツに立ち向かおうとした騎士の身体を顎で捉えた。

ばき、と人間同士の戦いでは聞くことのない鈍い音がし、鉄でできているはずの鎧がひしゃげる。

突然の救世主の姿を瞳に映したグランツは、彼女が自分のよく知る獣だと気づいた。

「イルシャ……」

イルシャはグランツを軽く見ただけで応えず、くわえていた騎士の身体を空に放り投げた。抵抗も許されずに地面に落ちた騎士の手足はあらぬ方向へ曲がり、動かなくなる。

さすがのグランツも呼吸を忘れてイルシャを目で追うばかりになる。

「どうして魔獣が⁉」

「誰か！　このままじゃ食い殺される！」

大混乱に陥った兵たちは、人の身ではかなわない強大な獣を前に、なすすべもなく逃げ出した。しかしイルシャに敵を逃がす気はないらしく、人間たちを前足でなぎ倒し、爪で裂き、鋭い牙を容赦なく真紅に染める。

グランツは無意識に笑っていた。

以前、イルシャと共に戦った時は連携が取れなかったのに、今は言葉を交わさずともどう動くのかが伝わる。

不思議な感覚だったが、グランツは戦場において時折奇跡としか呼べない状況が訪れることを知っていた。今がそうなのだと、流れがこちらにある間に剣を振るう。

「お前に〝剣の女神〟《イルシャベック》の名を与えて正解だったな」

心強い味方の登場に勝利を見いだしたグランツも、イルシャが取りこぼした兵を確実に仕留めながら、この戦の惨状を生み出したオシュテルのもとへ駆け寄る。

「く、来るな！」

我を忘れてがむしゃらに剣を振り回したオシュテルだが、たとえ満身創痍だろうと、長年戦場を駆けたグランツにかなうはずがなかった。

「一瞬で死ねることに感謝しろ」

仲間たちは裏切られた絶望の中で死んでいったのだ――と、グランツの瞳が焼けつくような激情を宿す。

イルシャが敵を殲滅し、勝利の咆哮をあげた時、オシュテルの首は胴体に別れを告げていた。

「オシュテル様がやられたぞ！」

「退《ひ》け！　退《ひ》けえっ！」

まだ生き残っていた者たちが死に物狂いで逃げるのを、イルシャが追撃する。

ひとまず危機を脱したグランツだったが、ついに身体が精神についていかなくなり、その場に膝をついた。

（まだ倒れるわけにはいかん）

剣を支えに立ち上がろうとするも、全身に力が入らない。

すぐさまイルシャがグランツの腕の下に身体を入れ、立たせようとした。

「すまん、感謝する」

返り血を浴びてなお美しくやわらかな黒い毛並みを頬に感じると、グランツの脳裏にシエルと過ごした穏やかな日々がよぎる。

「お前が来てくれるとは思わなかったな。シエルはどうした？」

イルシャに話しかけるのとほぼ同時に、土煙を上げながら騎馬兵が集う。

一瞬、敵の増援かと気を引き締めたグランツだったが、兵たちを率いる男に気づいてふっと頬を緩めた。

必死の形相で馬を走らせるトーレイに向かって、グランツは苦笑しながらつぶやく。

「タスローで迎え撃てと言っただろうが」

トーレイが引き連れた騎馬兵たちは、ほとんどがカセル騎士団の者ではなかった。

リンデン王国の国章が刻まれた鎧は、王都を守る騎士のものだ。

生き残っただけでも奇跡だというのに、援軍が到着するというもうひとつの奇跡が重なったらしい。

彼らはグランツのもとへ近づこうとしたが、そのそばに立つ恐ろしい魔獣の姿を見て足を止めた。

動揺を口にしながら魔獣と向き合おうとするも、傷ついたグランツがかすれた声を張り上げる。

「魔獣じゃない。リンデンを守った聖獣だ。そうだろう、イルシャ」

イルシャはグランツに向かって笑うように鼻を鳴らすと、こちらへ近づきつつある新たな敵軍に向かっていった。

リンデン軍が呆気にとられる中、イルシャは嬉々として陣形を崩し、敵軍を恐怖に陥れる。

そんな光景を見せられては、どんなに恐ろしい姿だろうと聖獣だというグランツの言葉を信じざるをえない。

戸惑いが広がる中、グランツはトーレイの肩を借りながら騎士たちに言った。

「聖獣に後れを取るな！　ケベク砦を取り戻せ――！」

◇◇◇

王都に向かったシエルは予想外の展開に陥っていた。

「お前のせいで父さんが！」

広場にて、茨《いばら》で磔にされたシエルは石をぶつけられて痛みに目を閉じる。

（どうして……）

数時間前、シエルはミュンの背に乗って、信じられない速さで王都にたどり着いた。

魔獣のミュンと行動を共にするわけにもいかず、街の外で別れてすぐ、シエルは門衛にケベク砦で起きていることを伝えた。

門衛は突然現れた妙な女を訝《いぶか》しんだようだったが、ただごとではない様子を見て、アルドに伝令を走らせてくれた。

しかしシエルが呼吸を整える間もなく、どこからともなく聞こえた『魔女』という言葉が彼女を襲ったのだ。

ワレスが攻め込んできた話はすでに王都に広まっていたようで、極限まで達していた不安と怯えが一気にあふれ出したのだった。

まるでひとつの生き物かのように意思を共にし、怒りと憎しみを増幅させた住民たちは、魔女と呼ばれたシエルを広場へ引きずり出し、茨で木の柱に磔にした。

シエルがどんなに無実を叫んでも、人々は誰ひとり耳を貸さず、彼女を激しく罵る。

異様な光景は常軌を逸しているとしか言いようがなかった。

「やめて……！」

声を枯らして叫ぶシエルに、次々と石が投げつけられる。

「あいつがリンデンに不幸を招き込んだんだよ！」

「あんたのせいで兄さんが戦場に向かわなきゃいけなくなったんだ！」

心ない言葉は、石による傷よりもシエルの心を痛めつけた。

その時、ぎゅっと固く目を閉じて痛みをこらえていたシエルの耳に、聞き覚えのある声が届く。

「魔女は火あぶりにしなきゃいけないわ」

不思議と、シエルは集まった人々の中から声の主を見つけることができた。

フードを目深にかぶった小柄な——女性だ。

(ラベーラ様……⁉)

長年耳にした甘く優しい声を、聞き間違えるはずがない。

しかしシエルがラベーラの名を口にするよりも早く、いつの間にか彼女の足もとに積まれた薪《まき》に火がつけられた。

「さあ、魔女を殺しましょう？　リンデンの平和のために！」

妙に響くラベーラの声は、人々の負の感情を煽り立てる。

ふと、その顔がフードの奥から覗いた。間違いなくシエルと目が合うと、ラベーラはゆがんだ笑みを浮かべる。

（改心したのだと思ったのに……）

彼女は最初からこのつもりだったのだろうと、シエルは気づいてしまった。

聖女の真実を明かすつもりなどなく、虎視眈々《こしたんたん》とシエルの命を狙い続けていたのだ。

ラベーラがシエルを見つめたまま微笑み、可憐な唇を動かす。

『お前を許さないわ』

（どうしてなの、ラベーラ様……）

名ばかりの親友から醜い憎悪を向けられたシエルが呟き込む。

薪を燃やす炎の勢いが増し、ラベーラの笑みも呼応して深まった。

『魔女は魔女らしく、惨めに死んで』

人々の怨嗟の声が辺りに満ちた時、シエルの頬を涙が伝う。

「私は魔女ではありません。――グランツ様がそう言ってくださったから」

その瞬間、ふっと周囲の音が消え去った。

不安を煽るような暗雲にひと筋の光が差し込み、シエルを照らし出す。霧のような雨が降り注ぎ、彼女の足もとについた火を穏やかに消していった。

起こりえるはずのない超自然的な現象を目の当たりにした人々が、戸惑いの声をあげる。

「ねえ、あれ……」

すさまじい形相でシエルに呪いの言葉を吐いていた若い女が、〝魔女〟を捕らえた茨に向かって指をさした。

火が消えた茨に白い花が咲いている。

小さな純白の花はぽつぽつと花弁を広げ、シエルの足もとに花畑をつくった。彼女の手足を縛る茨にも同じ花が咲き乱れ、いくつかが風に揺られて辺りに花びらを散らす。

「どういうことなんだ……？」

「こんなの、魔女というよりも……」

シエルがすっかり花に包まれた頃、物々しい甲冑《かっちゅう》の音が戸惑いの声を裂いた。

「なんの騒ぎだ」

兵を従えて現れたアルドの姿に、人々はどよめきながら道を空ける。

彼はまっすぐ広場の中心に向かい、磔にされたシエルを見上げて息をのんだ。一枚の絵画を切り取ったかのような、美しく触れがたい荘厳な光景は、とても現実とは言いがたい。

しかしアルドが呆然としていたのはわずかな時間だけだった。

「すぐに彼女を下ろせ！」

アルドに命じられた兵士がすぐにシエルを解放する。

地面に足をつけたシエルは、自由になったにもかかわらず、不安を顔に浮かべてアルドに歩み寄った。

「アルド殿下、ケベク砦に援軍を送ってください。このままではグランツ様が――」

シエルが言いきる前に、尾の長い赤茶色の鳥が空から舞い降りた。

「タスローからの伝令だ」

つぶやいたアルドが腕を差し出すと、鳥はその上に足をのせた。そして口を開き、人の言葉を発する。

『ケベク砦の奪還に成功。裏切り者のオシュテルはノイフェルト卿によって戦死。ワレス軍は聖獣の追撃を受け、撤退。繰り返す、ケベク砦の奪還に成功――』

流れるような声は魔法によってつくられたものだ。

シエルはグランツの名が出た瞬間、気が抜けてへたり込みそうになる。

だが、鳥の声はそれで終わりではなかった。

『カセル騎士団はほぼ壊滅状態。ノイフェルト卿も砦を奪還したのちに意識を失い、そのまま生死不明――』

これ以上聞きたくなくて、シエルは自分の両耳を手で覆った。

「……嘘」

情報を遮断しようとしたのに、強い衝撃を受けて蒼白になったアルドの表情がすべてを物語っている。

(私はグランツ様を助けられなかったの？)

シエルの名をはにかみながら呼び、優しく髪を撫でてくれたグランツを思い出す。

二度とあのぬくもりを感じられないのかもしれないと思った瞬間、禍々しいほど強大な魔力が彼女の身体を包み込んだ。

「……嘘よ」

より強い魔力の波動によって、魔法の鳥の姿がふっと消える。

「そんなの嘘よ――！」

悲痛な叫び声をあげたシエルは、自分の持つ魔力を制御できずに一気に解き放った。

美しい石畳が割れ、地面に大きなひびが入る。地の底まで続くような穴が至るところに開き、その場にいた人々は半狂乱になって逃げだした。

「シエル、落ち着け！」

アルドが兵士に逃げるよう促されながらも、深い悲しみと絶望に囚われたシエルに手を差し伸べようとする。

しかしシエルにはなにも届かなかった。

（間に合わなかった。私に力がなかったから、あの人を守れなかった……！）

あふれ出した魔力は、何者もシエルに近づかせまいと彼女の周囲に蔦《つた》を生み出す。

大地を裂きながら伸びた蔦は、大樹の根のようにも見えた。

この世の終わりがやってきたのかと錯覚するほど、禍々しく恐ろしい光景だった。

それでいて、グランツを求めて泣き叫ぶシエルからは、身を切られるような切なさと悲しみが伝わる。

「シエル！」

アルドが血を吐くような叫びに負けないほど大きな声で呼びかけるも、シエルはいやいやと首を振ってグランツの名前を呼び続けた。

今のシエルは幼い迷子となにも変わらない。すがるべき心の支えを失ったと思い、絶望で頭がいっぱいになっている。

「グランツ様。グランツ様……っ」

愛する人を奪われた悲しみに支配されたシエルは、自身の魔力をとどめようとしなかった。広場だけでなく辺りの家々も巻き込んで無造作に破壊する。

アルドには彼女がなぜそこまで自分を抑えられなくなったのか痛いほどわかったが、避難した住民たちの目に映るのは街を滅ぼしかねない魔女の姿だった。

（誰か嘘だと言って。グランツ様は改めて求婚してくれるって言ったもの。キスしてくれるって約束したもの……）

シエルの慟哭《どうこく》がさらに魔力を暴走させ、甚大な被害を生み出す。

「本物の魔女になるつもりじゃないだろうな!?　グランツがそんなことを望むと思うのか！」

自分では止められないと悟ったアルドが、こぶしを握りしめながら言う。

雲の間から覗いていた青空も消え、不吉な暗雲が立ち込めた。轟く雷鳴がシエルの叫びをかき消す。

誰もが終わりを予感した時、ふっと彼らの頭上を黒い影がよぎった。

「魔獣!?」

「やっぱりあの女は魔女なんだ……！」

すぐさまその場にいた兵士たちが弓を構えるも、矢が放たれる前にアルドが止める。

「待て！　背になにか乗っている！」

あれはなんだ――とささやかれる中、魔獣がひび割れた地面に着地する。

漆黒の毛並みを持った獣が地に伏せると、その背中から黒衣の男が降り立った。

不自然に傾いだ身体に見覚えがあったアルドは、息をのんで警戒する兵たちに指示を出す。

「攻撃するな！　あれはグランツだ！」

魔獣をともなって現れたグランツは、周囲の状況など気にせずまっすぐにシエルのもとへ向かった。

「シエル」

かすれた声で最愛の人の名を呼んだグランツが、泣き叫ぶシエルに右腕を伸ばす。

「もう大丈夫だ」

「グランツ、さま……？　生きて……」

両手で顔を覆っていたシエルが目を見開く。

グランツは血と傷に覆われたまま、恋人を安心させるために微笑んだ。

「帰ってくると言っただろう？」

シエルがひくりと喉を鳴らし、声を詰まらせる。

「グランツ様……グランツ様ぁ……」

「すまない。また君を悲しませてしまったな」

シエルの目に見る見るうちに涙があふれた。グランツのぬくもりを確かめようと胸に顔を埋め、泣きじゃくる。

恋人の怪我を治さなければという考えにも至らないほど追いつめられたシエルだったが、やがて張りつめていた糸が切れるようにふっと意識を失った。

グランツは優しくシエルを抱きしめ、血の気のない顔でアルドを振り返る。

「後を頼む」

気力だけで意識を保っていたグランツが、とうとう崩れ落ちる。

しかし彼は気を失ってなお、恋人を離そうとしなかった。

また、約束してください

魔力を暴走させたシエルはノイフェルト邸に運ばれ、十日間眠り続けた。

ようやく目を覚ました彼女のそばには、治療の跡が痛ましく残るグランツがいる。

「おはよう、シエル」

恋人の無事は夢ではなかったのだと理解した瞬間、シエルの目に涙が浮かぶ。

「う……あ……」

声を出そうとしたシエルだったが、うまく音にならない。堰《せき》を切ったようにあふれた涙が彼女の頬を濡らしていった。

グランツは擦り寄った彼女を右腕で抱き寄せ、落ち着くまで背中を撫でる。

「怖い思いをさせてすまなかった。そばにいられなかった俺を許してくれ」

「もうお会いできないかと思って……私、なにもできなかった……」

しゃくり上げる彼女を自身の広い胸に押しつけ、グランツが優しく言う。

「君は多くのことを成し遂げてくれたよ。人の多い王都へ行くのは恐ろしかっただろうに、よくがんばったな。俺がこうしていられるのも君のおかげだ」

シエルよりも早く目覚めていたグランツは、魔法による治療の甲斐があって命の危機を脱していた。

自然治癒に任せる段階まで回復したところで、慌ただしくアルドが面会にやって来たのだが、その時に話を聞いたのだった。

「君が事情を伝えた門衛は、すぐ殿下に報告してくれたんだ。ワレス軍が攻めてきた話は伝わっていたし、万が一のことを考えたようだ」

シエルが目覚める前に、グランツも件《くだん》の門衛に礼を言っている。

『なぜか、信じなければならないと思ったんです』

突然現れた謎の少女の言葉を聞き入れ、アルドまで話を通すのは常識的に考えればありえないことだ。だが、結果的にその判断はリンデンを救った。

門衛の判断を責める者がいたら、グランツがかばっただろう。

——グランツが初めてシエルを見た時の、名も知らない他人に手を差し伸べた姿。彼女の『助けたい』という思いは、言葉を交わさずともグランツに伝わったのだ。

もしも同じものを感じたのだとしたら、門衛がシエルを信じようと思ったのも理解できる。

グランツもまた、仲間を助けようとするシエルを見て『彼女を邪魔してはならない』と思ったのだから。

「トーレイが送った伝令が届いたのもあって、殿下の対応も早かったらしい」

「でしたら、私が無理にお伝えしなくてもよかったのかもしれませんね。街に行ったせいであんな騒ぎになってしまって……」

「いや、門衛の話を聞いて殿下は君が来たと気づいたようだ。もしも殿下が君に会いに行こうと思わなければ、どちらにせよ混乱する広場の人々を止められなかった」

平和だった日常を突然奪われ、街の住民たちは感情のはけ口を探していた。あの場にシエルがいなくても、別の人間を傷つけていただろう。

あ、とシエルが口もとに手をあてる。

「そうです、あの場にはラベーラ様がいました。早くお伝えしないと」

「王女……いや、元王女と言うべきか。彼女は牢獄に囚われている」

「え……？」

「イルシャが逃がさなかった」

グランツが語った内容をまとめると、イルシャは街の人々の中に紛れていたラベーラを見つけて、アルドの前に引きずり出したらしい。

魔獣にしか見えない獣の行動にアルドもかなり混乱したようだが、イルシャがグラツをシエルのもとへ連れてきたこと、そしてなによりもリンデンにいるはずのないラベーラがいたことから、黒い獣を信じることにしたのだった。

「彼女は人々を興奮状態にさせる魔法薬を使用していたんだ。広場に集まった者たちの様子がおかしかったのは、そのせいだな」

シエルはキルヒェの広場で行われた恐ろしいひと時を思い出し、肩を震わせてグランツの胸に顔を押しつけた。

「確かに異様な光景でした。いきなり茨で縛られて、処刑されそうになって……。とても怖かった……」

グランツはその時のことを思い出しているシエルを抱き留め、彼女の銀髪にそっと手をすべらせる。

「本来ならば、戦場で使うような強力な薬でな。高揚感を与え、痛みや苦痛を忘れさせる効果がある。風に流せば、簡単に広範囲に広がるんだ。人の多いあの場では、嫌になるくらい効果的な代物だった」

「……つまり、あそこにいた方々は薬のせいでおかしくなっていたのですよね。罪をとがめられるようなことには……？」

「ならない。すべて元王女殿下の手によるものだからな。……あんな目に遭っておきながら、あの者たちをかばうのか？」

シエルはグランツの質問にうなずきを返した。

「本意でないのならしかたがありません。……すべてはラベーラ様が企てたことでしょう？」

「ああ、すでに洗いざらい吐いている。なぜ、わざわざあの場に現れたのだと思う？　俺と君が苦しみ死ぬ様を自分の目で見たかったからだそうだ」

シエルが悲しげに目を伏せる。

「それほどまでに恨まれていたのですね」

「殿下も許すべきではなかったと悔やんでいた」

ラベーラはまごうことなき悪女だが、まさかそこまでするほどの人間だとは思わなかったというのが、アルドとグランツの意見だった。

彼らの知るセニルースのラベーラ王女は、誰もが敬う聖女だったのだから。

「ワレスを焚きつけたのも彼女だという。ずいぶんと前から計画していたらしい。殿下に偽物の聖女だと知られる以前から、入念に進めていたようだな」

目的のためならばどんなこともするラベーラにとって、秘密裏にオシュテルを懐柔し、ワレスと密談を行うのは難しくなかった。

アルドに偽の聖女だと知られた時に提案した契約書も、グランツを貶めるために利用されている。

グランツ率いるカセル騎士団ではなく、オシュテル男爵がケベク砦に向かうよう、アルドの筆跡と国章を偽造して書状を作ったのだ。

その結果、カセル騎士団はまんまと騙されて団員の大半を失うこととなった。

彼女の悪事はセニルースの国王にも伝わっている。

さすがに一国が相手ともなると、かわいい娘をかばいきるのは難しかったようで、『ラベーラの独断であり、セニルースにリンデンと敵対する意思はない』と回答が届いている。

ワレス側も二万の軍を魔獣に蹴散らされたことから、リンデンと事を荒立てるべきではないと判断したらしく、すべての罪をラベーラになすりつけて多額の賠償金と一部の領土の譲渡を提案していた。

破格の対応は、ワレスが今回の件をどうにかしてリンデン側に許してもらおうという必死さを感じさせる。

今はリンデン国王とアルドが主立って動き、事態の収拾にあたっていた。

「なぜなのでしょう？　ラベーラ様はアルド殿下をお慕いしているのだと思っていま

した。殿下が困ることをする理由が思いつきません」

ラベーラ本人が語る言葉を聞いたグランツは、苦々しい表情で言う。

「ワレスに侵略され、困り果てた殿下が自分にすがるよう仕向けたかったそうだ」

シエルは涙に濡れた目をこすって、グランツを見上げる。

「そのためにあんな恐ろしいことを……？」

彼女は魔法でグランツのいた戦場を目にしている。

人々の痛みも苦しみも、恐怖も嘆きも知っていたから、あれをたったひとりの子供じみた願いが引き起こしたとは信じられず、浅い呼吸を繰り返した。

「……なんて、ひどい」

「同感だ。……俺の仲間たちも、何人も失った」

「伝令はカセル騎士団がほぼ……壊滅状態にある、と」

グランツはなにも言わなかった。シエルの肩に額を押しあて、ベッドシーツをきつく握りしめている。

シエルはそっとグランツの肩に触れ、彼を抱きしめた。魔法での治療が済んだ後とはいえ、重い怪我を負っていた左腕を気遣いながら。

「君が無事でよかった」

グランツが話題を変えた。シエルも流れに逆らわず話に乗る。

「いいえ、グランツ様の生死がわからないと聞いて、なにも考えられなくなってしまいました。自分があんなふうになるなんて知らなかったのです。……アルド殿下にも、街の方々にも謝罪しなければ」

「あれは殿下がいいように説明してくれている。……少し脚色しすぎだろうとは思ったが、おかげで君が聖女だという事実が広まった。イルシャとミュンが聖獣だという話もな」

「あの子たちが？」

「特にイルシャは騎士たちから大人気だぞ。イルシャベックが本当に現世に降臨したんだと、彼女がおとなしくしているのをいいことに……もふらせてもらっている」

戦場で間違いなく十回は死んでいてもおかしくなかったグランツが生き残れたのは、聖獣イルシャのおかげだとすでに吟遊詩人たちが歌にして広めている。

だから騎士たちはご利益にあやかろうと、彼女の黒い毛並みをもふっているのだった。ちなみにミュンは小さいからか、子供たちの人気が高い。

「イルシャにもお礼を言わないと。グランツ様を連れてきてくれなければ、私はきっとキルヒェを壊していました」

今もキルヒェの広場には地割れの跡が残っている。崩壊した建物もほとんどがそのままだったが、魔女のせいだという声はあがっていない。

ラベーラが魔法薬で人々を狂わせたように、聖女シエルの魔力を暴走させたからだと噂を広めたからだ。

そのためリンデンの人々は、むしろラベーラこそが魔女であると憤っている。

「イルシャは君の状態を理解しているようだったよ。戦場でやることを終えた俺を、強引にキルヒェまで運んだからな。おかげでのんびり気絶もできなかった」

「私が呼び出したからでしょうか？　そういった意味でのつながりを感じたことはなかったのですが……」

今回の件において、一番活躍したのは間違いなくイルシャである。

彼女はシエルの願いを聞いてグランツの窮地を救い、オシュテル男爵の軍を壊滅に追い込んでからワレス軍を襲って退かせた。

その後はシエルの異変を察知して、どんな馬よりも早く、まさしく魔法のような速度でグランツをキルヒェへと運んだのだ。

「多くの偶然が重なったおかげで今がある。また君に触れられてうれしい」

死を覚悟していたからこそ、グランツの言葉には重みがあった。

もしもイルシャが間に合わず、たったひとりでオシュテルの手勢と戦わなければならなかったら。

たとえ間に合ったとしても、カセル騎士団をかき集めたトーレイがタスローに向かっていた援軍と合流できなかったら、やはり生き残るのは難しかった。

そもそもオシュテルの裏切りを伝える前に、アルドが周辺の領主に呼びかけ、援軍を向かわせなければこうはならなかっただろう。彼はカセル騎士団を信頼していたが、だからといって油断する男ではなかった。それが功を奏したのだ。

「私もグランツ様が生きていてくださってうれしいです」

「君のおかげだ。結局、守られてしまったな」

「私もグランツ様に守っていただきましたから」

ふたりは指を絡めて手を握り、互いの頬に一回ずつキスをした。

シエルはちょっとだけ頬を染めてグランツを見つめ、恥じらいながら控えめに唇を開く。

「あの、お約束を覚えておいでですか?」

「次はここにすると言ったことで合っているなら、忘れられるわけがない」

グランツがシエルの唇に指をすべらせてはにかむ。

「今すぐにでもしたいところだが、まだ左肩に痛みが残っていてな。もう少しだけ待ってもらえるか？」

「待ちきれないです。ずっと待っているので、する時はたくさんしてくださいね」

「あ、ああ」

ぎゅっと抱きついたシエルにグランツが動揺を見せた。

正直に言うと、シエルはキスと左肩の痛みがなぜ関係しているのかよくわかっていない。

（万全の状態で、ということなのよね。きっと。まだ落ち着いていないことも多いし、焦ってはだめよ。グランツ様だって長い間、私の気持ちを待ってくださっていたのだから）

グランツはこの場でしてしまうかどうかかなり悩んでいたが、あと少しのところでなんとか理性をつなぎ留めている。もちろん、シエルは彼の葛藤を知らない。

念願のキスを果たした後に彼が自分をどうするつもりなのかも、シエルにはわからなかった。


シエルが目覚め、グランツの怪我もほぼ完治してから数日後。

大罪人ラベーラの裁判が行われる日がやってきた。

裁判所には〝魔女〟がどのような処遇を受けるかを見に来た人々が詰めかけ、外にまで大勢の民があふれる異例の事態となった。

裁判とは罪状をあげて罰を決める場だが、ラベーラの場合は異なっている。

彼女は裁判が始まる前に、全会一致で処刑を決められていた。

まず、他国の王女を罪人として扱う時点で普通の裁判と大きく違っているのだが、報復を恐れたセニルース国王は、娘の処遇をリンデンに一任したのである。

「――以上がラベーラ元王女の犯した罪である」

裁判とは名ばかりで、ただ罪状を読み上げる場と化していた。集まった人々が怨嗟と歓喜の声を発する。

皮肉にも彼女に罰を伝えたのは、元婚約者となったアルドだ。

「戦で失われた民の数だけ鞭打ちを行い、処刑場に生きたまま七日吊るすものとする」

ラベーラの鍛えられていない身体なら、三回も鞭で打てば皮膚が裂けて肉がむき出しになる。

カセル騎士団の半数以上が失われた時点で、死罪を言い渡されたのとほぼ変わらないが、ラベーラは簡単に死を許されない。

彼女が刑を終える前に命を落とさないよう、優秀な魔法使いたちが絶えず治癒魔法をかけ続けるのだ。

鞭打ちを終えても、次は処刑場にさらされるという屈辱的な刑が待っている。

両手両足を鎖につながれ、人々の目につくところに休むことなく立たされるのだ。

そうして民の怒りを一身に引き受ける罪人には、石を投げたり、たいまつの火を押しつけたりすることが許可されている。

殺さなければどんな苦痛を与えてもかまわないという、鞭打ちや斬首以上に残酷な刑罰は、リンデンにおいて存在しているだけで執行されたことのないものだった。

シエルはラベーラに言い渡された罰を聞いて、そっと口もとを手で覆った。

「……君には刺激が強かっただろう。やはり無理せず、屋敷で待っていたほうがよかったんじゃないか？」

グランツが蒼白なシエルの肩を抱き、ささやく。

「見届けなければならないと思うのです」

気丈にふるまうシエルだが、ずっと黙っていたラベーラが口を開いたことで身体を震わせた。

「ねえ、私のかわいいお友達。どうして親友なのに助けてくれないの？」

ラベーラは裁判所に現れたシエルをまっすぐ見つめ、王女だった時と変わらない艶やかな笑みを浮かべて言った。

「シエル、答えなくていい」

咄嗟にグランツが言うも、シエルは彼の手を握りながらラベーラに答えていた。

「親友だとおっしゃるのなら、どうしてあんなひどい真似ができたのでしょう？　私にも、グランツ様にも……アルド殿下にだってそうです。リンデンの民を、なぜ巻き込んだのですか？」

そうだ、という声があちこちから湧き上がる。

ラベーラは周囲に敵しかいない状況にもかかわらず、鈴を鳴らしたような美しい声を響かせて笑った。

「なぜ？　どうして？　……私がいつ、お前に質問を許したのかしら？」

「ラベーラ様……」

「そうね、よく考えてみて。父は私を見放したけれど、救えるものなら救いたいと思っているのは間違いないわ。これまで私にすべてを許してきた時点で、どれほど溺愛しているかわかるでしょう？　そんなに愛された私を殺せば、リンデンとセニルースの新しい争いの火種になるのではなくて？　だったら、五体満足でセニルースに帰したほうがリンデンにとっても都合がいいはずよ」

ラベーラの声は、その場にいる人々の心にぞっとするほど甘く届いた。

彼女の言葉は正しいのかもしれないと、あんなにも重い刑罰を望んでいたはずの者たちが戸惑いの声をあげ始める。

長年、被害を与えられたシエルの頭にもラベーラの減刑がよぎったほどだった。

（新しい争いの火種になったら、またグランツ様が戦場に駆り出されてしまう……）

今回以上に多くの命が奪われるかもしれないと感じ、恐れたシエルが喉を震わせた瞬間、隣に立っていたグランツが静かに言う。

「貴女の命がここで許されるのなら、私は地の果てまでも追いかけてなぶり殺そう。それが無残に奪われた私の仲間たちへの手向けだ。花の代わりに血と骨を飾ってやる」

余裕を見せていたラベーラの表情がこわばった。

ざわついていた人々も、洗脳から目覚めたようにグランツの言葉に賛同する。

「私は貴女のした行いを絶対に許さない。私を貶めるためにアルド殿下の命を危険にさらしたことも、すべて」

「だったら、そんな場所から見ていないで私を斬り捨ててはいかが？　――ああ、でもまだ左腕がうまく使えないようね。かわいそうに」

グランツの怪我はほぼ完治しているが、だからといってこれまで通りすぐ左腕が動くかと言われると、それはまた別の話だった。

回復魔法は便利だが万能ではない。もとの機能を取り戻すためには、しばらく訓練《リハビリ》が必要になる。ゆえにグランツは、今もまだ自身の左腕をかばって生活していた。

以前、ラベーラと対峙した時と同じく、グランツは彼女の挑発を聞き流す。

意外なことにラベーラに怒りを見せたのはシエルだった。

「なにもできないままでいると思わないで」

ラベーラにとってもシエルの反撃は予想外だったのか、彼女らしからぬ間の抜けた表情で口を開きっぱなしにしている。

同じく驚いたグランツがシエルを止めようとするも、彼女は怒りで顔を真っ赤にしながらさらに続けた。

「私になにができるか、一番よく知っているのはあなたでしょう？　セニルースに逃げ帰るなら、あの国ごと滅ぼすわ」

「つ……強がったって無駄よ。どうせお前は口だけだもの」

声を震わせたラベーラに、シエルが言う。

「あなたが言ったのよ。私は魔女だって」

シエルの静かな声が、いつの間にか静まり返った裁判所に響いた。

「私は、私の大切なものを守るためなら魔女にでもなんでもなってみせる。試したいのなら試せばいいわ。グランツ様を傷つけたこと、絶対に許さないんだから」

ラベーラはシエルが本気で怒っていると、ようやく理解したらしかった。

わなわなと震えながらシエルを睨みつけるが、本当に彼女が魔法の力を行使したらどうなってしまうかを考えたのか、なにも言わずに唇を閉ざす。

（本当はもっと早く、ラベーラ様を拒まなければならなかった）

ここにいるシエルは、もうラベーラの知っている〝親友《にんぎょう》〟ではない。彼女はグランツと出会ったことで、本来あるべき自分を取り戻している。

もっといろいろ言ってやるべきかとシエルが考えたところで、アルドがこほんと咳払いをした。

「君も彼女による多大な被害を受けたひとりだったな」

シエルは首を横に振る。

「……いいえ、むしろ私は加害者のひとりであると思っています」

「シエル、なにを」

グランツが驚いたようにシエルの名を呼ぶも、彼女は恋人をそっと押しとどめて再び口を開いた。

「かつての私は思考を放棄し、ラベーラ様の望みを叶えてきました。彼女にこれほどの罪を決意させた理由に、無知だったとはいえ私が関係していないとは言えません」

真実を知るアルドとグランツは、シエルが長い間ラベーラを聖女に仕立て上げてきたことを言っているのだと気づく。

「もっと早く、私がお止めするべきでした」

シエルはラベーラと同じように『親友』という言葉の重さをわかっていなかったのだ。もしも本当に彼女をそうだと思うなら、たとえ嫌われてしまうと知っていても進言するべきだった。

主従以上に強い絆で結ばれたアルドとグランツをそばで見たからこそ、そう思う。

「……君は自分も罰を受けるべきだと思っているのか？」

アルドが真剣な眼差しで問い、グランツがシエルよりも先に答えようとする。

しかしシエルは再びグランツを止め、儚く微笑んだ。

「はい」

その答えが、シエルがラベーラに返せる『親友』の思いのすべてだった。

（あなたは私を道具だと思っていたかもしれない。だけど私は、救われていたの）

話を聞いていたラベーラは表情を動かさない。その顔には驚きも喜びも、罪悪感や申し訳なさもなかった。

(ラベーラ様が私をひとりにしなかったように、私もあなたをひとりにはしません。自己満足でもいい。それが私の意思ですする、あなたへの恩返しだと思うから)

グランツがシエルの手を強く握りしめる。

言いたいことが山ほどあるのだろう。だが、彼はこれまでそうだったようにシエルの意思を優先してくれた。

長い沈黙の後、アルドが額に手をあてて言う。

「……わかった。だが、戦場に聖獣を召喚し、我が国を救った聖女の君を魔女と同じ刑に処するわけにはいかない」

「では、私にはどのような罰をいただけるのでしょう」

シエルは恐れずに問い返した。

「自分のせいで魔女となったラベーラがどう生きるのか、彼女が命を落とすその日まで見届けろ。……これを君への罰とする」

シエルは一瞬声を詰まらせ、アルドに向かって深々と頭を下げた。

(アルド様はラベーラ様を殺さないと決めてくださったのだわ)

彼は先ほど語った刑罰のうち、どこを削るのか言わなかった。

すべての罰を与えたのちに殺さず幽閉するのかもしれないし、より屈辱的な罰を改めて考案するのかもしれない。

どちらにせよ、それがはっきりするのは今ではないようだ。

「リンデンの国民ならば、誰であっても魔女の姿を確認できるようにしよう。醜い心を悪に染めた者の末路がどういうものか、永遠に語り継げるように」

無表情だったラベーラの顔に、初めて恐れのようなものが浮かぶ。

「私の名が魔女として、大罪人として歴史に残るというの？」

それを聞いたアルドがふっと口もとをゆがめた。

「承認欲求の強い君には、罰というよりも褒美だったか？」

「あ……ああ、そんな……」

シエルはかつて婚約者の間柄にあったふたりを見つめながら、アルドの非情な一面に小さな恐れを抱いた。

（あの方はラベーラ様を理解しすぎている……）

ラベーラにとっては、肉体に与えられる刑罰よりも、精神に与えられる刑罰のほうがよほど重い。

聖女と呼ばれ、他者の羨望を浴びたがった彼女が、今度は魔女として謗《そし》られ、死ぬことも許されずに名を汚され続けるのだ。

そしてその罰を、彼女が心から愛しているアルド自身が告げる残酷さ。

だから彼は、今日この場に現れたのだろう。裁判官に任せればいいものを、よりラベーラが罪の重さを自覚できるように。

「これ以上は時間の無駄だろう。ラベーラ元王女を牢へ案内してやれ。光も届かない最下層にな」

「どうして？　こんなにもアルド様を愛しているのに……！」

ラベーラは自身を牢獄へ連行しようとする兵士たちの腕の中で暴れ、惨めに叫んだ。

「私はなにも間違っていないわ！　私を否定するお前たちが間違っているのよ！　アルド様、私の話を聞いてちょうだい！　あなたは騙されているだけなの……！」

ふ、とアルドが口角を引き上げる。

「〝魔女〟を連れていけ」

ラベーラが血を吐くような絶叫を漏らすも、同情する者はこの場にいなかった。


裁判を終えた翌日、リンデンで国葬が行われた。

嫌みなほど気持ちよく晴れた空の下で、白い無地の服に身を包んだ人々が嗚咽を殺している。

その中にはグランツとシエルの姿もあった。

「ハルフェンシエルのもとでゆっくり休んでくれ。俺が行った時にはまた、馬の手入れについて語らおう」

グランツは自らが率いるカセル騎士団の団員たちについて、顔や名前だけでなく趣味嗜好まで記憶している。

沈痛な面持ちで手向けの言葉を贈る姿を、シエルは胸を痛めながら見守っていた。

(誰にも傷ついてほしくない、なんてきっと偽善なのだろうけど。それでも願わずにはいられない……)

戦女神《ハルフェンシエル》の手で楽園に導かれた者たちを思う。シエルは胸の前で手を組んで、彼らの魂の安らぎを心から祈った。

そうすると、彼女の胸の内でふわりと温かななにかが芽生える。

(ここにいるすべての人が、同じ願いを抱いているのね)

シエルは自身の祈りを魔法に変え、人々の願いを形にする。

ラベーラによって引き起こされた王都広場の魔女狩り騒動。あの時にシエルを捕らえていた茨を覆った白い花が、辺りを包み込んでいった。

さわやかでいながらどこか甘く切ない香りが、遺された人々の鼻腔をくすぐる。

その香りは、彼らに喪われた家族の思い出を呼び起こした。

「ありがとう。最高の手向けだ」

美しい花を生み出し続けるシエルに、晴天を見上げたグランツが言う。

「……この光景を仲間たちと見たかったな」

白い花で満ちた楽園を前に、悲しげな嗚咽がいっそう大きく響く。

その中には聖女シエルの優しい奇跡に感謝する声もあった。

周囲を魔法の花で覆ったシエルは、まぶしすぎる陽射しを受け止めきれずに目を細める。

（聖女と呼ばれても、喪った命を呼び戻すことはできない。私にできることなんて、本当に限られているのだわ）

無力感に打ちひしがれたシエルを、グランツがそっと抱き寄せる。

静かな午後はゆっくりと過ぎていった。

葬儀を終えた後、シエルはキルヒェの街の門を出たところでグランツと向かい合っていた。そばにはイルシャとミュンの姿もある。

「くうん」

ミュンは大きくなって少し落ち着いたのか、黒い毛玉だった時のように飛び跳ねなくなった。その成長が過ごしてきた時間の長さを感じさせる。

「本当に煤の森へ戻るつもりなのか？」

グランツが問いかけると、シエルは微笑んでからうなずいた。

「しばらく身辺がお忙しくなるでしょう？　グランツ様のお邪魔にはなりたくないのです」

「君を邪魔などと思うものか」

シエルは相変わらずの優しさをうれしく思った。

このまま領地へ来ればいいと提案されて心が揺らいだのは事実だが、残念ながら今は時期が悪い。

グランツはカセル騎士団を再編成しなければならないし、国境を守る騎士としてワレスへの警戒もいっそう強めねばならなかった。

かの国はラベーラにすべての罪をなすりつけ、手を引いたように見せているが、その実、今も虎視眈々とリンデンを狙っている。先日の戦でリンデンが疲弊した状態にあっても攻めてこないのは、守護聖獣への対抗策が思い浮かばないからだ。

さらに彼は、アルドから裏切り者のオシュテル男爵の土地や権利を一時的に預かることになっていた。

セニルースとワレスという二国の相手で忙しいアルドは、公爵位を持つグランツならば間違いはないだろうと男爵家にかかわる諸々を任せたのだ。

これに関してグランツは『面倒だから俺に投げたんだ。いくら公爵領ほどの規模でないとはいえ、王都の男爵領にまでかまけている暇があるものか。仮にも戦場の英雄を、過労死させるつもりじゃないだろうな』と苦言を呈している。

それでも拝命した理由は、万が一オシュテル男爵と志を共にする者が残っていた時にすぐ対応するためだ。

これまで以上に英雄としての名を高めたグランツが男爵領を管理し、残された裏切り者の一派を牽制することも、アルドの目的だと彼にはわかっていた。

ゆえにグランツは、騎士団長としての仕事と貴族としての仕事が舞い込んで、信じられないほど忙しい状態にある。

（私だってグランツ様と一緒にいたいけれど）

シエルを正式にノイフェルト邸へ招きたいと言ったグランツの言葉は、天にも昇るほどうれしいものだった。

魔女の疑いが晴れ、リンデンの聖女と呼ばれるようになったシエルならば、ノイフェルト邸や生き残った騎士団の者たちも受け入れてくれるだろう。

だが、シエルはグランツが自分を気遣ってくれると知っていたから、彼の誘いを受け入れずに拒んだ。

「グランツ様が私を邪魔だと思わなくても、私自身がそう感じてしまうと思います。今はどうか、私などにかまわずご自分のすべきことに集中してください」

「たったひとりで煤の森にいると思うと、余計に君のことばかり考えそうだ。ましてや、これから本格的に冬が来る」

「私なら大丈夫です。イルシャとミュンもいますし」

二匹の魔獣——今や聖獣となった獣たちが同時に鳴いた。

「わふっ」

「くうんっ」

ミュンの声はまだ子魔獣だった頃の高さを残している。

シエルの言葉を聞いても、グランツはまだためらっていた。

「ここで別れたら、次はいつ会えるかわからない」

これまで彼は数日おきにシエルのもとを訪れていたが、やらなければならないことの多さを考えるとそれも難しくなる。

「大丈夫です」

シエルは再び言うと、グランツに笑いかけた。

「だってグランツ様は、絶対に迎えに来てくれますから」

戦場に向かったグランツは約束通り、シエルのもとへ戻ってきたのだ。

だからシエルは、彼との短い別れを受け入れられる。

「また約束してくださいますよね？」

そういえばあの時にした約束はまだ果たされていないかもしれない――とシエルが思った時、不意に抱き寄せられた。

小柄な恋人を抱きしめたグランツが、はにかんで言う。

「死を覚悟した時、君にキスをしておけばよかったと悔やんだのを思い出した」

グランツはシエルが答える前に彼女の唇をそっとついばんだ。

ふたりにとってついにと呼べる念願のキスだったが、ゆっくりと噛みしめる余裕はどちらにもない。

シエルは真っ赤になってうつむくし、グランツも彼女の肩を掴んだまま固まってしまった。

「ほかの場所にされるのと、全然違うじゃないですか……」

ぽつりと言ったシエルの口調が、普段よりも砕けている。

(こんなに特別なものだと思わなかった)

男女の事情に疎かったシエルだが、さすがに唇へのキスには思うところがあり、真っ赤になる。

いつもは疎い反応ばかりの恋人がそんな状態だからか、グランツは普段失くしがちな余裕を保つことができた。

「いつものように、もう一度してほしいと言ってくれないのか?」

彼らしくないからかいのせいで、シエルの頬がますます赤く染まる。

「いっ、言えません……!」

「なぜ?」

「だって恥ずかしいです……」

人前で泣き顔を見せ、泉では素足を平然とさらしたシエルが、はっきりと恥じらいを口にする。

シエルは耐えきれずに自分の顔を手で覆った。

恋人の愛らしい姿を見たグランツは、いたずら心を発揮して彼女の耳に顔を寄せる。

「では、ほかの場所にするか。君がねだれるように」

「だめです！」

シエルがいやいやと首を横に振って、グランツの腕から抜け出そうとした。しかし残念ながら、彼女の抵抗などグランツにとってないに等しい。

グランツは子供っぽい仕草をするシエルを微笑ましく見つめ、彼女が逃げたがるのもかまわず耳にも唇を触れさせた。

その瞬間、シエルがぱっと顔を上げてグランツを軽く睨む。

「だめだと言いました！」

「君は怒った顔もかわいいな」

どうやらグランツは初めてのキスに勢いづいて、いつもの気遣いや遠慮を忘れたらしかった。

シエルはグランツの肩に手を添え、次の口づけを阻止しようと必死になる。

「これまで一度も拒まなかったのに。キスをしたせいで嫌われるとは思わなかった」

「そういうわけではないのです。でも心の準備が必要ではありませんか？　少なくとも私は必要です！」

「おかしな話だな。俺はずいぶん前から、君にキスを提案してきたと思うんだが。心の準備ができていないというなら、それは君が悪い」

グランツの言葉はもっともだが、シエルの耳には入らない。

「次はグランツ様が煤の森へ来てからにしましょう？　その頃なら、私も慣れていると思います」

「慣れる？　俺がいないのに、誰とキスをするつもりなんだか」

「言葉のあやというものです！」

グランツに笑われて、シエルは再び恋人を睨んだ。

「どうしてそんなに意地悪をなさるのですか？　私の知っているグランツ様は、もっとお優しい方でしたよ」

「それを言うなら、俺の知る君はもっとおとなしい人だった。こんなにころころと表情が変わる人じゃなかったはずだぞ」

ふたりが出会った頃のシエルは感情表現に乏しく、戸惑いや困惑でさえうっすらと顔に現れる程度だった。真っ赤になって照れたり、意地悪に怒ったりするような女性ではなかったのだ。

「あなたが私を変えたのです」

シエルははっきり言うと、むっと唇を尖《とが》らせながら顔をしかめた。

「ちゃんと責任を取ってくださいね。グランツ様のせいなのですから」

それが殺し文句だと気づかなかったのはシエルだけで、グランツは楽しそうに笑っている。

「ああ、任せてくれ。出会った時から、俺の一生は君に捧げると決めていたんだ」

「剣はアルド殿下に捧げたのでは？」

「心は君のものだ」

シエルが逃げ出す前に、グランツは彼女の後頭部に手を添えて口づけを落とした。

そして不意打ちを受けて硬直したシエルの頬を指でくすぐり、唇を触れ合わせたまま話を続ける。

「この先は、君を妻に迎えてからにしよう。待っていてくれるか？」

シエルは唇を引き結ぶと、グランツの胸に顔を押しつけて小さくうなずいた。

「いつまでも待っています。……早くしないと、泣いてしまいますからね」

「俺が落ち着いてからでいいと言ったのは君だろうに。あまりかわいいわがままを言わないでくれ。今すぐさらいたくなる」

今度はシエルのほうから背伸びをし、グランツの唇をついばんだ。

仕返しをして満足したシエルだったが、残念ながらその行為は長い間我慢してきた男を煽るだけの行為にすぎない。

「そちらがそのつもりなら、俺も遠慮しないが？」

これで遠慮していなかったのかと反論しようとしたシエルは、顎を持ち上げられて唇を奪われ、なにも言えなくなった。

声を封じるキスの甘さに溺れつつ、こう何度も繰り返されれば慣れるに決まっていると強がろうとする。

しかし次の瞬間、舌で唇を割られて大混乱に陥った。

「今、なにをなさったのです……？」

「俺に責任を取れと言うなら、君にも取ってもらわねば」

未知の口づけでシエルの思考を奪ったグランツが笑い、また彼女に甘いぬくもりを与える。

翻弄されながらも、やがてシエルはぎこちなく恋人の行為に応え始めた。グランツの背に腕を回し、彼が伝えてくるのと同じだけの想いを口づけに込めて返す。

イルシャとミュンはすっかりふたりの世界に入った恋人たちを邪魔せず、『あとはご自由に』とでも言いたげにおとなしく見守っていた。

ここにいる奇跡を抱きしめて

年が明け、例年よりも短い冬が終わった。

春になると、人が寄りつかない煤の森にも小さな花が芽吹きだす。

かつてはグランツと二十日間会えなくて泣いたシエルも、今は元気に過ごしていた。寂しくないわけではないが、彼が必ず迎えに来てくれるとわかっていたからである。

そして煤の森で木苺が赤い実をつけ始めた頃、シエルは母親と同じくらい大きくなったミュンの背をブラシで梳いていた。

「またどこかで遊んできたのね？」

「わふう」

やんちゃ娘だったミュンもずいぶん落ち着いたが、いまだに遊び好きなのは変わらない。どこで遊んできたのやら、黒い毛にはこの辺りで見かけない植物や花がくっついている。

「これは水で洗わなきゃだめね。ほら、おいで」

シエルが立ち上がると、ミュンは鼻を鳴らしながらついていった。

「くうん！」

木のうろの家のそばにはイルシャが身体を丸めて眠っている。

シエルたちが近づくと、片目だけ開けてから大きなあくびをした。

「イルシャも後でね」

彼女たち獣の母娘と暮らしてずいぶん経つが、いまだにシエルはこの二匹がどういった獣なのかを知らない。

セニルースでは魔獣と呼ばれていたのに、リンデンでは聖獣として扱われている。

シエルが街の様子を水鏡に映した時には、黒い獣のおまもりが大流行していた。リンデンの危機を救った聖獣として、街の外れに小さな神殿が建ったのも知っている。

シエルは相変わらず水遊びが好きなミュンに魔法の水を浴びせながら、これまでを振り返って苦笑した。

「魔獣か聖獣かなんて、きっとあなたたちには関係ないのよね。私たち人間が勝手にそう呼んでいるだけで」

ミュンがもふもふの尻尾を大きく振ったせいで、シエルに水がかかる。

少し前なら風邪をひいていただろうが、最近は気温も高くなったため、むしろ気持ちがいい。

（聖女と魔女だって同じだもの。見る者の目で変わるものなんだわ）

どちらの呼ばれ方をされていても、シエルの生き方は変わらなかった。

大切なのは自分がどう感じるかなのだと思いながら、ひっくり返ったミュンのお腹を撫でる。子魔獣だった頃はピンク色だったのに、今は黒い毛に覆われていた。

「わふ、わふっ」

ミュンが手足をばたつかせるせいでびしょ濡れになったシエルは、誰もいないのをいいことにワンピースの裾をまくり、紐で留めようとする。

太ももの位置まで裾を上げた時、目を閉じていたイルシャが身体を起こした。

特に気にしなかったシエルだが、この数か月間待ちわびた音が聞こえたように思えて背後を振り返る。

「来たのが俺でよかったな」

惚れ惚れするほど美しい黒鹿毛に騎乗して現れた男は、グランツだった。

シエルは大きく目を見開いてから、勢いよく駆け出す。

「グランツ様！」

グランツは彼女を受け止めるために馬を降り、両腕を広げて危なげなく恋人を抱きしめた。

「顔を見せる時間も取れなくてすまなかったな」

「お忙しいのはわかっていましたから。騎士団で風邪が流行《はや》った時は心配しました」

「魔法で見ていたのか？」

「はい。やめたほうがよかったでしょうか？」

たまたま街の様子を見た際に、タスローで疫病が流行っているという話を耳にした。

グランツや彼が属するカセル騎士団を心配する気持ちを抑えきれず、自分にできることを探して水鏡を見たところ、ただの風邪が流行っていただけだと知ったのである。

「いや。君に隠し事はできそうにないと思っただけだ」

イルシャとミュンがその場から離れるほど、ふたりの間には甘く幸せな空気が漂っていた。

ぴったりと寄り添い、やがてどちらからともなく唇を重ねる。

久しぶりのキスを受け入れたシエルの頬は、心の準備をしていたはずなのに赤くなった。

「せっかくお会いできたのに、グランツ様のお顔を見られなくなりそうです」

「それは困る。ミディイルも君に会うのを楽しみにしていたんだ」

え、とシエルがグランツの横で草を食む馬を見上げた。

「ミディイルなのですか？　だって、あの戦いで……」

「ああ、矢を受けて戦場で散ったはずだった。だが、ふらっと厩舎に帰ってきてな」

優雅に尾を揺らすミディイルは元気そうだった。恐ろしい戦場を経験したにもかかわらず、怪我の跡が見あたらない。

「盾の女神《ミュンティーツ》の加護だろうか？　いつも仲よくしていたから」

グランツはそう言うと、遠巻きに様子をうかがっていたミュンに視線を向ける。

ミュンはグランツが連れてきた馬が友達なのか、それとも別の馬なのかが気になっているようだが、そわそわするばかりで駆け寄ろうとしない。

「私、ミュンを呼んできます。ミディイルだよって教えてあげなきゃ」

「それより先に俺の用事を済ませてもかまわないか？」

グランツがミュンのもとへ向かおうとしたシエルの腕を掴んで引き留める。

「君を妻として迎えに来たんだ」

シエルは一瞬、きょとんとしてからすぐに背筋を伸ばした。

改めて、グランツは彼女の前に片膝をつく。

「俺と結婚してほしい」

そっけなく聞こえるほど、端的で色気のない求婚だった。

しかしそれはシエルが初めてグランツに与えられた思い出の言葉であり、今日までずっと待ちわびていた特別な言葉でもある。

「はい、喜んで。もうグランツ様は知らない方ではありませんからね」

シエルがくすっと笑って言うと、グランツもつられて微笑んだ。

「よかった。またここへ通わねばならないのかと思った」

グランツが立ち上がり、シエルを見つめる。

「いつでも君を迎えられるように、イルシャとミュンが過ごせる場所も用意した。彼女たちと離れる心配はしなくてもいい」

ふ、とシエルが頬を緩めて言う。

「私が言葉にする前に解決させてくれるところが、とってもグランツ様らしいです」

「ん？　そうか？」

聖獣として名が知れ渡った今なら、イルシャとミュンも人々に受け入れてもらえるだろう。

シエルは恋人だけでなくその支えとなった二匹にも気を配るグランツの優しさを、心からうれしく思った。

「それで、私たちはいつグランツ様のもとへ行けばいいのでしょう？」

ようやく求婚を受け入れて幸せな気持ちに浸るシエルに、グランツは明るく返事をした。

「今すぐだ。これ以上は俺が待てない」

慌ただしくノイフェルト公爵邸にやって来たシエルは、そこで生活する人々から想像以上に手厚く迎えられた。

イルシャとミュンは厩舎に近い小屋を用意されている。

「噂を信じ、シエル様を疑っていたことをお許しください」

執事のライゼンから深々と頭を下げられ、シエルは首を左右に振る。

「魔女だと疑っていた頃にも、グランツ様が私のもとへ来ることを許してくださってありがとうございます」

「いえ、我々はグランツ様を何度もお止めいたしました。聞いていただけなかったのです」

シエルは正直な執事からグランツへ、ちらりと視線を動かした。

「そうだったのですか？」

「ああ。騎士団の奴らも殿下も、結婚を急かすくせに俺の恋を応援してくれなかった」

拗《す》ねたように言うのがおかしくて、シエルはくすくす笑う。

「今はもう大丈夫でしょうか。もしもそうなら、魔女ではないと信じてもらえるようにがんばります」

「まだ君を魔女だという者がいたら、俺が代わりに相手をしよう」

グランツはシエルの腰を抱き寄せると、愛おしげにこめかみをついばんだ。

シエルはくすぐったがって恥じらっているが、執事を含め、様子をうかがっていた使用人たちは衝撃を受けている。

「あのグランツ様が⁉」

「同じ姿の別人なのでは……⁉」

「キスの仕方も知らないかと思っていたのに！」

そんな使用人たちの様子には気づかず、グランツはシエルを連れて自室へ向かった。

初めてグランツの部屋に入ったシエルは目を輝かせ、辺りをうろうろと見始める。

「ここがグランツ様のお部屋……ずっと来たかったのです」

「説明しなくても、なにがあるかは知っていそうだな。魔法で見ていたのだろう？」

「必要以上に私生活を覗き見していたわけではありませんよ。たまにです、たまに」

それでも時々グランツを心配して、水鏡に彼を映し出していたのは事実だ。

気まずさから目をそらしたシエルのわかりやすい態度を、グランツは微笑ましく思った。

「少し待っていてくれるか。弟を紹介したい」

「わかりました。座ってもかまいませんか？」

シエルがふかふかのソファを示す。

「もちろんだ。俺の許可を取らなくていい。もうここは君の家でもあるんだから」

グランツが弟を呼びに部屋を出ていくと、シエルは少し緊張した面持ちでソファに腰を下ろした。

（もう大丈夫だと思ったけれど、やっぱりグランツ様以外の方とお話しするのはどきどきするわ……）

警戒せずに他人と接せるようになるまで、まだまだ時間がかかりそうだ。それもいずれ、グランツとの生活の中で改善されるのだろう。

しばらくして扉が開き、グランツとその弟のラークが姿を見せた。

「弟だ。ラークという」

簡潔な説明を受け、シエルはまじまじと義弟を観察した。

肩に力が入っているが、頬は紅潮している。シエルが笑いかけるとさらに赤くなり、もじもじしながらうつむいた。

「ラ、ラークと言います。義姉様にはご機嫌うるわしゅう……」

どこで口上を覚えてきたのか、やけに片言だった。

シエルまでなんだか緊張してしまって、ぎこちなく頭を下げる。

「シエルと申します。グランツ様の妻として、こちらでお世話になります」

「ふたりして固まらないでくれ。俺もどうしていいかわからなくなる」

苦笑したグランツがラークにシエルを紹介する。

聞いているうちに気が緩んだのか、ラークはちょっぴり好奇心を顔に浮かべて兄に言った。

「兄様がいつもお話ししていらっしゃった方だよね。聞いていたよりもずっと素敵でびっくりしちゃった」

いつもと聞いてシエルの表情が引きつる。

(なにをお話ししたの……⁉)

ラークの様子を見る限り、悪い話ではないのだとわかる。むしろ恥ずかしい話なのではないかと察し、シエルは自分の顔が熱くなるのを感じた。

「そうだろう？　俺が知る中で一番可憐で美しい女性だ。それに、かわいらしい」

しかもグランツは弟にした話をおかしいと思っていない。

（たとえ偶然でも、グランツ様が私の話をしているところを見なくてよかった）

魔法によってグランツの様子を見ていたシエルだが、幸か不幸か、彼が弟になにをどう語っていたかは知らない。もしその現場を見ていたら、恥ずかしくてラークと顔を合わせられなかった可能性がある。

「聖獣様を連れていらっしゃるんでしょ？　今日は来ていないの？」

「厩舎のそばに小屋を建てただろう。イルシャとミュンなら、そこにいる」

「今から見に行ってもいい⁉」

「ああ。彼女たちの尻尾を引っ張ったり、毛を掴んだりしないと約束できるなら」

「約束する！」

シエルは兄弟というよりも親子に近いふたりを見つめ、また少し背筋を正した。ラークを見れば、グランツが弟をどれだけ大切にしているかがわかる。シエルも義理の弟にとって、恥ずかしくない姿を見せねばならないだろう。

「ラークを連れてイルシャたちのもとへ向かおうと思うんだが、君はどうする？」

グランツに尋ねられ、シエルは立ち上がった。

「ご一緒します。ラーク様ともっとお話をしたいですから」

「君の弟になるんだから、呼び捨てでいい。……いや、俺を呼び捨てにしてもらうほうが先だな」

彼が望むならとシエルは口を開きかけたが、今までよりもぐっと距離が縮まる気がして気恥ずかしくなり、結局なにも言えずに終わった。


その夜、シエルは用意された部屋ではなくグランツの部屋にいた。

「今日はずっとおそばにいさせてください。一緒に眠りたいです」

賑やかな一日を過ごしはしたが、グランツとふたりきりでいた時間は少なかった。数か月ぶりに会った恋人とは夜の間もずっと一緒にいたくて、シエルはグランツの戸惑いにも気づかず自分の願いを伝える。

当然だが、グランツは苦悩していた。

「そうくるんじゃないかと薄々予想はしていたんだが、まだ夫婦というわけではないし……。すでに家に住まわせている時点で、もう関係ないか……？」

グランツがかなり頭を悩ませている理由を、シエルはまだ理解していない。

「もうグランツ様と離れるのは嫌です」

昔のシエルなら、こんなふうにわがままを言わなかった。自分の気持ちを聞いてくれる人がいるから、安心してさらけ出せる。

グランツはしばらく悩んだ後、寝室に続く扉を気まずそうに見た。

「君がベッドにいたら、さすがに理性を保つ自信がない」

「どうして保つ必要があるのです？」

キスすらいまいちわかっていなかった彼女にその先の行為をどう説明すべきか、グランツが葛藤しているのは明らかだった。

「……まあ、もういいか」

悩みに悩んだ末、グランツは考えを放棄した。

もともと彼は机に向かうよりも、戦場で身体を動かすほうが得意なのだ。考えるよりも行動するに限ると、ソファに座ったシエルを抱き上げる。

「えっ？　急にどうしたのですか？　自分で歩けます」

シエルが戸惑いを見せるも、心を決めたグランツは彼女を下ろそうとしない。

まっすぐ寝室へ向かい、やや乱暴に足で扉を開いた。

「グランツ様？」

「優しくするつもりだが、怖くなったらすぐに俺を止めてくれ」

「どういう意味なのかわかりません。グランツ様はいつでもお優しいです」

そう言った直後、シエルは広いベッドの上に押し倒された。

「だから、今からは優しくしてやれないかもしれないと言っているんだ」

妙に余裕のない声だと感じ、シエルはきゅっと唇を引き結んだ。

「あの、なにを……？」

グランツが右手で自身のシャツを脱ぎながら、左手をシエルの手のひらに重ねる。

触れた手がひどく熱いことに気づき、シエルは本能的に焦りを覚えた。

「わ、私、なにかしたでしょうか」

「したと言えばしたな。俺を煽った」

低い声でささやくと、グランツは脱いだシャツをうっとうしげに床へ投げ捨てた。

戦場を覗き見した時はともかく、これまで彼の荒っぽい一面を目にしたことがなかったシエルは、どうやらグランツの様子がおかしいらしいと今さら気づく。

指摘しようとしたものの、その前に鍛え抜かれた身体を見てしまい、顔が一瞬で赤く染まった。

「私には服を着ろとおっしゃったのに！」

グランツに捕らわれていないほうの手で目を覆い、必死に訴える。

「肌を見せないために服を着るのでしょう？　私に教えたあなたがどうして……！」

「今から教える」

答えは極端に短い。

グランツは顔を隠すシエルの手も捕らえると、彼女の手のひらに唇を押しあてた。

「顔を隠さないでくれ。君の反応のすべてを目に焼きつけたい」

ぞくりとした甘く危うい衝動がシエルの身体を駆け抜ける。

「だ……だめです、見ないでください……」

彼の望む通りにしてはいけない気がして訴えるも、グランツはシエルが拒めないように唇を塞いだ。

翻弄されたシエルは、これまでに経験のない荒々しいキスに呼吸を乱して小さな声をあげる。

（いつものキスと、全然違う……）

息をするだけで精いっぱいになっていると、服の中にグランツの手が入ってきた。

シエルはびくりと反応し、グランツに文句を言おうとしたが、キスのせいでかなわない。

（だから以前、左腕が回復するまでキスをしないと言ったの？　こうやって私に触れる必要があるから……？）

浅い呼吸を繰り返すシエルが、口づけに溺れながらぼんやり考える。

グランツは自身の手をシエルの手のひらに重ねて指を絡めた。空いた右手で彼女の肌をくすぐり、体温を刻みつけようとする。

「あ……」

首筋をついばまれ、シエルの唇から自分のものとは思えない濡れた声がこぼれた。

その間にも服の中を動く手がシエルを焦らせる。

「そ、そこ、だめです。変な声が出ます、から……っ」

身体を小刻みに震わせたシエルがか細い泣き声をあげた。

グランツは彼女の肌に口づけるのをやめて顔を上げると、戦場にいる時よりも獰猛な笑みを見せる。

「聞かせてくれ」

シエルが隠したい気持ちを引きずり出そうと、グランツは舌を絡めたキスで彼女の心をかき乱す。

武骨な手が誰にも触れられたことのない場所をかすめると、すっかり熱くなった肌がふるりと震えた。

不思議とシエルはグランツの行為を恐ろしいと思わなかった。

戸惑いはあるし、信じられないほど恥ずかしくもあるが、彼に応えたくて心と身体が反応するのを理解している。

ひゅ、とシエルの喉が鳴った。

「き……」

「……き？」

なにか言いかけたのを見て、グランツが静かに聞き返す。

シエルは自由な手で自分の顔を必死に隠そうとしながら、衣擦《きぬず》れの音にまぎれるほど小さな声で告げた。

「気持ちいいこと、しないで……」

彼女を愛でていた手がぴたりと止まり、グランツが深呼吸する。

刺激を与えられなくなったシエルが、恐る恐る顔を覆っていた手をどけると、なにかをこらえた様子のグランツと目が合った。

「自分がとんでもない獣になった気がするな……」

いくぶん、冷静さを取り戻したグランツだったが、シエルを求める気持ちはまったく冷めていない。それどころかますます強くなるばかりで、言葉を交わす時間さえ惜しくなる。

シエルは初めて見るグランツの表情に胸の高鳴りを覚え、彼の火照った頬にそっと手をすべらせた。

「どんなグランツ様も好きですよ……？」

控えめなひと言ながらも、シエルがグランツに与えた影響は大きかった。

「俺が今、君をどんなふうに抱こうとしているか知らないから、そう言えるんだ」

グランツはシエルの手を引き寄せると、指先を軽く甘噛みする。

「愛している。だから無理をさせても怒らないでくれ」

なにを無理することがあるのだろうと、シエルは小首をかしげた。

「もちろんです。グランツ様を怒るはずありません」

「その言葉を信じるからな」

シエルは知らないが、グランツはもう彼女に遠慮も手加減もするつもりがなかった。

言葉だけでは伝えきれない愛情を、ひと晩かけて無垢な身体に刻む気でいる。

（ちょっと恥ずかしいけど、グランツ様なら怖くない）

シエルもシエルでグランツに自分の想いを伝えたくて、触れるだけのかわいらしいキスを贈る。

眠れない夜はまだ始まったばかりだった。

その後のふたり

　グランツのもとで暮らすようになったシエルは、ついに彼が率いるカセル騎士団の面々に紹介されることとなった。

　西の国境を守る屈強な騎士団は、例の事件によってほとんどの団員を失っている。だからシエルも接点のない他人を恐れる気持ちより、彼らにどんな言葉をかければいいのかという思いで宿舎に案内されたのだが。

　騎士団の宿舎にある訓練用の広場にて、シエルは強面の男たちに囲まれていた。

「き、きれいだ……」

「可憐すぎる……」

「くそっ、どうして団長なんかと……！」

　円形にシエルを取り囲んだ男たちは、口々に賞賛と呪詛《じゅそ》を吐いた。

　必要以上にシエルに近づけない理由は、彼女の隣で目を光らせているグランツである。

　彼は表面上はにこやかにシエルを紹介したが、目はまったく笑っていなかった。

自身がよく知る騎士団の男たちが、どれほど荒っぽく、女性に飢えていて、遠慮がないかを理解していたからだ。

そして『シエルに指一本でも触れたら斬る』とグランツの顔に書いてあるのを読み取れない団員はいない。

「い、いつもグランツ様がお世話になって……おります」

まだまだ他人に対する抵抗が強いシエルは、あるだけの勇気を振り絞って男たちに挨拶をする。

長身のグランツの陰に隠れるようにして言ったシエルだったが、彼女のいかにも『守られるべき少女』の姿は、団員たちの感情をますます煽った。

「俺、国じゃなくてシエルさんの騎士になる……」

「シエルさんのためなら、ずっと僻地勤務でもいい……」

シエルは興奮したり感動したりと、忙しい彼らにどう反応すればいいかわからず、あきれた様子で自身の眉間を指で揉むグランツを見上げた。

グランツは晴れて婚約者となったシエルの不安げな視線を受け、軽く片手を上げてやかましい男たちを黙らせようとする。

「俺の婚約者を怯えさせるな」

しかし男たちは、それを聞いてますます騒ぎ立てた。

「なにが『俺の』だ！　ちゃっかり自分のものだって主張しないでくださいよ！」

「どうせ自慢したくて紹介したくせに！」

「自分で婚約者って言って、にやけるのはやめてもらえません⁉」

男たちの野太い声が『ずるい』と合唱する。

「恋愛なんて興味ないって顔してたのに！　俺たち仲間じゃなかったんですか⁉」

ズレにズレた悲痛な叫びを聞いて、グランツは勝者特有の憐憫を顔に浮かべる。

「お前にもいずれいい人が現れるといいな」

「あんたなんか嫌いだああああっ！」

王都キルヒェから離れた西に駐屯しなければならない彼らは、女性と出会う機会が極端に少ない。

恋人ができたとしても、グランツがしていたように忙しない逢瀬を繰り返す羽目になり、別れる者が多かった。

ゆえに現在騎士団に所属している者は独身男性が多いのだが、環境に恵まれていないだけで、彼らは健全な恋愛を心から望んでいる。

そんな状況で、グランツの幸せいっぱいな姿を見せられるのは拷問にも等しい。

彼らは血涙を流す勢いで唇を噛み締め、婚約者には甘い視線を向けるグランツを睨んだ。

暴動でも起きてしまうのではないかという空気が漂い始めた頃、やり取りを見守っていたシエルが再び口を開いた。

「実は今日、お菓子を焼いてきたのです。よろしければ、後で召し上がっ……」

「お菓子⁉」

「俺たちのために⁉」

シエルにしてはがんばって大きな声を発したのだが、手作りのお菓子と聞いて色めき立った男たちにすぐかき消されてしまう。

「半年ぶりの甘いものだ！」

「おおお女の子の手作り……⁉」

異様な熱気に包まれ、シエルは思わず後ろに足を引いていた。

グランツがやれやれと苦笑しながら、そっと彼女の腰に腕を回して支える。

「だから用意してやらなくてもいいと言ったのに。こいつらは優しくすると、すぐ調子に乗るんだ」

シエルは周囲の男たちとグランツを交互に見て、困ったようにはにかんだ。

「ですが、以前おっしゃったでしょう？　皆さん、甘いものがお好きだって」

「君の手作り菓子を独り占めできなくなるなら、余計なことなど言わねばよかった。……いっそ没収するか？」

冗談めかした言い方だったが、いろいろなものに飢えた男たちには笑う余裕がなかった。

全員が顔を引きつらせ、腰に佩いた剣に手をかける。

「まさかシエルさんのお菓子を取り上げるつもりじゃないでしょうね？」

「さすがに団長命令でもそいつは聞けませんよ！」

グランツは涼しい顔で彼らの文句を聞き流すと、シエルに向かって微笑みかけた。

「茶の用意をしておいてくれ。少し運動してくる」

＊　＊　＊

ノイフェルト邸に帰宅したシエルは、まだ心配そうにしていた。

ソファに座ったグランツの隣に腰を下ろし、彼の顔を覗き込む。

「あんなに大勢と立ち回って、お疲れではないのですか……？」

団員たちと〝軽く〟運動したグランツの表情は清々しい。

「あのぐらい日常茶飯事だ。あいつらも久々に死ぬほど動き回って気が紛れただろう。しばらくあんなふうにやり合えなかったからな」

グランツが遠くを見るように目を細める。

「今日はここ最近で一番明るい一日になった。……悲しみを乗り越えるきっかけの日となればいいが」

「……そうですね」

団員たちはシエルの前で悲しむ姿を一瞬も見せなかった。

彼らには数か月前まで、今日と同じように笑い合い、冗談を言っていた相手がもっと大勢いたのだ。しかし失われた命は帰ってこない。

「あんな連中だが、よかったらまた顔を見せてやってくれ。どうも奴らは君を見るとやる気が出るようだから」

「どうしてでしょう？　お菓子のおかげでしょうか」

「君がかわいいからだ」

グランツがシエルに顔を寄せ、そっと唇をついばんだ。

シエルは頬を赤らめて目を伏せる。

もうグランツとは何度も唇を重ね、それ以上に恥ずかしいことをしたのにまだ慣れない。

「グランツ様……」

「次は俺を甘やかしてくれないか。君を独り占めしたくなった」

グランツの手がシエルの手を包み込み、ぬくもりを移す。そしてはにかみながらグランツの手を握り返し、自分から顔を寄せて口づけを返した。

唇が触れた場所から甘くくすぐったい気持ちが広がっていく。

「私、グランツ様を甘やかすのは得意ですよ」

彼がなにをすれば喜ぶのか、シエルは知っていた。

だから少し胸を張って言ったのだが、それは昼間にたっぷり独占欲を刺激されたグランツを煽るだけである。

「じゃあ、期待させてもらおう。……おいで」

「はい！」

抱き寄せられたシエルは、うれしくなってグランツにすり寄り、彼の膝にのった。

キスは唇だけでなく首筋にも落とされ、シエルのもどかしさをかき立てる。

「……あの、これでは私が甘やかされているような気がします」

「気のせいだ」

グランツは短く答えると、大きな手のひらでシエルの腰を優しく撫でた。そのまま太ももまですべらせ、彼女の反応を見ながら肌への口づけを繰り返す。

シエルの戸惑った表情に、微かな情欲の色が入り交じった。

「ここで……ですか？」

具体的な問いかけではなかったが、グランツはシエルの質問の意味を正確に理解したようだった。

「いけないか？」

「……いけないです。まだ夕飯もいただいていないのですよ」

「真面目で結構。だが、俺は今すぐ君が欲しい」

シエルはグランツのまっすぐな物言いに息を詰まらせた。

彼は基本的に優しい紳士だが、時々獣じみた本能をちらつかせる時がある。荒々しく激しいのに、なぜかシエルはそんなグランツの欲を甘いものに感じていた。

そして彼女は、グランツの熱っぽい眼差しに見つめられると断れないのだ。

「……少しだけですよ」

グランツは控えめに言ったシエルにキスをひとつ贈ってから、喉の奥でくっと笑った。

「相変わらず君はおねだりに弱いな」

グランツの手がシエルの背中に回り、首の後ろにあるドレスのボタンを外し始める。

彼の長い指がひとつずつボタンを外すたびに、シエルの身体を包むドレスが緩んでいった。

いくつもの口づけが首筋に、そして鎖骨に触れて痕を残していく。

声を震わせたシエルは、小さな身体で恋人の大きすぎる愛情を一生懸命受け止めた。

二人の夕食の時間がいつもより大幅に遅れたのは言うまでもない。

特別書き下ろし番外編

新しい明日へ

シエルがノイフェルト公爵夫人としての生活にだいぶ慣れた頃、グランツは彼女にセニルースへの小旅行を提案した。

「殿下から軽く様子を見てくるように言われてな。ほかの者に頼めばいいものを、俺の言葉でなければ信用ならないとわがままを……いや、愚痴を言うのはやめておこう。それで、君はどうする？」

「セニルース……ですか」

正直に言うと、シエルはかの国に抱く複雑な感情を消化しきれていない。人生のほとんどを過ごした場所が故郷だと言うのなら、彼女にとっての故郷はセニルースなのだろう。

しかしそこで過ごした時間が幸せだったかと問われると、シエルは首をかしげるしかなかった。

「気が進まないなら無理はしなくてもいい。気になっているんじゃないかと思ったのはあるが、それ以上に俺がそばにいてほしくて誘っただけだから」

「そうなのですか？」

「俺はいつだって、かわいい妻にはそばにいてほしいと思っているぞ」

かわいい、とあたり前のように言われたシエルが頬を赤らめた。

まだグランツへの想いを自覚していなかった頃は、ここまで彼の言葉を恥ずかしく思ったり、うれしく思ったりしていなかったように思う。

些細なことでもすぐ顔に出てしまうらしく、グランツはそんなシエルの反応をわざと引き出そうと、あえて甘い言葉を繰り返して彼女に意地悪をした。

シエルだっていつまでもグランツの手のひらで転がされるのは悔しい。

だから、照れていないふりをして素っ気なく言う。

「グランツ様がそこまでおっしゃるなら仕方がないですね」

「ありがとう、愛している」

グランツのほうが一枚も二枚も上手だったために、腰を抱き寄せられて頬に口づけられたシエルは再び真っ赤になってしまった。

グランツがシエルを小旅行に誘って数日後、ふたりは国境を越えてセニルースへとやって来た。

旅行者を装って国内の話を聞いて回ると、あまり楽しくはない話ばかりが耳に入る。

ふたりは情報収集を終えて小料理屋に入り、軽食を注文してから顔を見合わせて同時にため息をついた。

「ひどい状況のようだな、この国は」

「そのようですね。ですが、仕方がないことだとも思います。国王陛下はラベーラ様を深く愛していらっしゃったようですから」

大罪を犯したラベーラは、その罪の重さから彼女を溺愛していた父親にも見放され、リンデンの地で罰を受けた。

だが、国王が娘を切り捨てたのは国のためである。父親としてはたとえ大罪人だろうと最後まで彼女を守るために手段を講じたかったようだ。

結局は自らの手で娘を見捨てた形となり、セニルースの王は心を病んで表舞台に出られなくなっているという。

もしもラベーラが罰として今もありとあらゆる屈辱と苦痛を味わっていると知ったら、病むどころではすまなくなるに違いない。

「なぜ、こうなるまで娘を放っておいたのだろう」

運ばれてきた軽食に手をつけながら、グランツが言った。

「……わかりません。ですが私は、そこまで父親に愛されるあの方を少しうらやましく思います」

「そうか、君の両親は……」

シエルはこくりとうなずく。

「私の魔法を利用し、最後は貴族のもとに売りました」

「その……なんだ、どう言葉をかけたらいいのか……」

グランツが迷いながら言うのを聞き、シエルは改めて夫の優しさを感じて微笑んだ。

「もとから両親にはなんの思いもありません。懐かしく思うことも、愛おしく思うことも、残酷な所業に対して復讐したいと願うこともないのです」

シエルがグラスに注がれたぬるい葡萄酒に口をつける。

「ですから、うらやましいなと。私は家族に対して強い思いを抱けませんから」

「大丈夫だ」

グランツはきっぱり言いきると、少し寂しげな表情を浮かべたシエルの頬を指でくすぐった。

「君の今の家族は俺だ。イルシャやミュンもいる」

「ラークと、あなたの屋敷の使用人の皆さんもですね。カセル騎士団の方々もでしょうか？」

「そこまで含めると、急に大所帯になるな」

ふっとシエルが口もとを緩め、甘えるようにグランツの指に擦り寄る。

「ありがとうございます。グランツ様に出会えて本当によかったです」

「ああ、俺も君との出会いに感謝して毎日生きている」

放っておくとすぐにふたりの世界に入り込むシエルとグランツだが、今回も例には漏れず、小さな店の一角に甘い空気を漂わせた。

リンデンへ戻ると、グランツはすぐにアルドのもとへセニルースの現状を報告しに向かった。

シエルも久々にアルドのもとへ顔を見せることとなり、グランツに同行している。

「つまり、国王の代替わりまでは時間の問題だというわけか」

「……アルド、もう少し言い方があるだろう」

相変わらずなアルドの態度に、グランツが眉根を寄せる。

「これでも気を使ったほうだ。自死するまであとどれくらいかかりそうなんだとは聞いていないからな」

グランツは人として最低なアルドの発言が妻の耳に入らないよう、さっとシエルの耳を手で塞いだ。

このふたりといるといつもこうなることをわかっていたシエルは、突然音を奪われても平然と紅茶を飲んでいる。

「次のセニルース国王はどんな奴だろうな。俺にとってのいい奴なら、犬だろうとなんだろうとかまわないが」

グランツの手が離れたため、シエルの耳にアルドの苦笑が届く。

「まあ、とりあえずはご苦労だった。ついでにひとつ聞いてもいいか？」

「ああ、どうした？」

「子供はいつになりそうなんだ？」

思わず絶句したグランツがわなわなと震える。

その横でシエルは両頬にそっと手をあて、恥じらっていた。

「きっともうすぐです。だって――」

「シエル。だめだ、シエル」

たくさんグランツに愛されて幸せなのだ――と言おうとしたシエルだったが、夫本人に止められてしまった。

「お伝えするべきだと思いましたが、いけませんか？」

「アルドは悪いほうにしか考えない男だ。この場合は品がないほうとも言うが！」

「ですが、グランツ様の妻になれて幸せだとアルド様にお話ししたいです」

感情表現が豊かになったシエルは、人との会話を楽しむようになった。

その結果、堅物の主人がどんな新婚生活を送るか気にするノイフェルト邸の使用人たちや、団長をからかって遊びたいカセル騎士団の団員たちに、日々の喜びを話して回ったのである。

彼らはシエルが幸せそうに語る言葉を、のろけと言った。

「俺はいつでも聞く準備ができているからな？」

アルドはにやにやと笑いながら、シエルの話を促そうとする。

「グランツ様に止められてしまったのでお話しできません」

彼女は真面目な顔をして言うが、それがまたアルドをおもしろがらせた。

「なあ、グランツ。妻を束縛する男は嫌われるぞ。好きなだけのろけさせたらどうだ」

「だめだ。シエルが幸せを語る相手は俺だけでいい。それに束縛じゃないからな。ただ一途に愛しているだけだ」

「……まあ」

シエルがふわっと花が咲いたような笑みを浮かべる。

「私もグランツ様を愛しています」

彼女のこういうまっすぐすぎるところは以前から変わっておらず、グランツがそれを受けてうろたえるのもなにも変化がなかった。

成長していないというか、いつまでも初々しいというか、捉え方は人による。

「シ、シエル、今は、その」

「アルド様の前ですものね」

にこ、とシエルが無邪気に大へ笑いかける。

グランツの喉から呻き声にも似た音がしたが、彼はぎりぎりのところでかわいい妻を抱きしめるのをこらえられたようだった。

アルドが『どうぞ続けて』と明らかにふたりのやり取りを楽しんでいたからである。

グランツはしばらく逡巡《しゅんじゅん》すると、やがてシエルの手を優しく握って立ち上がった。

「もう用は済んだ。帰ろう」

「ゆっくりしていくのかと思いましたのに」

そう言いながらもシエルはグランツに従った。

そしてまた、自分の思ったことをそのまま口に出してしまう。

「ふたりきりになったら、またキスしてくださいね」

部屋を出ようとしていたグランツは不意打ちの発言に対応できず、開け損ねた扉に勢いよく頭をぶつける。

「だっ、大丈夫ですか⁉」

「大丈夫……だが、大丈夫じゃないな。そういうおねだりは、今度から俺しかいない時にしてくれ……」

グランツが自分の額に手をあてながら言う。

一国の騎士団長とは思えない無様な姿を、彼の主が腹を抱えて爆笑したのは仕方のない話だった。

END

あとがき

こんにちは、晴日青です。

このたびは『もふもふ魔獣と平穏に暮らしたいのでコワモテ公爵の求婚はお断りです』をご購入いただきありがとうございます。

表紙イラストの時点でバレていますが、ヒーローのグランツはきりっとかっこいい見た目とは裏腹に、頭の中は大変賑やかな人です。

ヒロインのシエルは、おとなしいと見せかけてグランツより圧倒的に攻撃力が高い女の子なので、もうちょっと暴れさせたかった気持ちがあったりします。

作中で言っていたようにシエルは大半のことを可能にする力があるので、万が一夫婦喧嘩になったら大変ですね。このふたりに喧嘩はありえませんが。

それどころか、この後三人くらい子供に恵まれると思います。

息子を立派な騎士&後継ぎにしつつ、娘にはデレデレなパパグランツと、初期よりずっと感情豊かになった超美人聖女のシエル、そしてなぜか増えているもふもふたちの新しいお話ができてしまいますね。

ちなみにもふもふ担当のイルシャとミュンの元イメージは、甲斐犬です。あんまり近所にいない犬種かと思いますが、真っ黒もふもふめちゃかわらぶりーなのでぜひ検索してください！


本作の発売にあたり、お力添えくださった皆様、本当にありがとうございました。

イラストをご担当くださったみつなり都先生、グランツのギャップをどっちも楽しめる表紙がとっても最高です！

かっこいいとかわいいに挟まれたシエルがうらやましいですね。特にこのミュンはもふかわすぎて、永遠に見ていられそうです……。

もっと語ってしまいそうですが、いっぱいいっぱいなのでこのぐらいに……。

それではまた、どこかでお会いできますように。

晴《はる》日《ひ》青《あお》

晴日青先生への
ファンレターのあて先

〒104-0031
東京都中央区京橋1-3-1
八重洲口大栄ビル7F
スターツ出版株式会社　書籍編集部　気付

晴日青先生

本書へのご意見をお聞かせください

お買い上げいただき、ありがとうございます。
今後の編集の参考にさせていただきますので、
アンケートにお答えいただければ幸いです。

下記URLまたはQRコードから
アンケートページへお入りください。
https://www.berrys-cafe.jp/static/etc/bb

もふもふ魔獣と平穏に暮らしたいので
コワモテ公爵の求婚はお断りです

2022年10月10日　初版第1刷発行

著　者　晴日青

発行人　菊地修一
デザイン　カバー　ナルティス
フォーマット　hive & co.,ltd.
校　正　株式会社鷗来堂
編集協力　佐々木かづ
編　集　須藤典子
発行所　スターツ出版株式会社
〒104-0031
東京都中央区京橋1-3-1　八重洲口大栄ビル7F
TEL　出版マーケティンググループ　03-6202-0386
(ご注文等に関するお問い合わせ)
URL　https://starts-pub.jp/
印刷所　大日本印刷株式会社

Printed in Japan

ISBN 978-4-8137-1334-0　C0193

ベリーズ文庫 2022年10月発売

『冷徹御曹司は過保護な独占欲で、ママと愛娘を甘やかす』 砂川雨路《すながわあめみち》・著

勤め先の御曹司・豊に片想いしていた明日海は、弟の望が豊の婚約者と駆け落ちしたことへの贖罪として、彼と一夜をともにする。思いがけず妊娠した明日海は姿を消すが、2年後に再会した彼に望を探すための人質として娶られ!? 形だけの夫婦のはずが、豊は明日海と娘を宝物のように守り愛してくれて…。

ISBN 978-4-8137-1331-9／定価704円（本体640円＋税10%）

『激情を抑えない俺様御曹司に、最愛を注がれ身ごもりました』 未華空央《みはなそらお》・著

従姉妹のお見合いの代役をすることになったネイリストの京香。しかし相手の御曹司・透哉は正体を見抜き、女性除けのために婚約者になれと命じてきて…!? 同居生活が始まると透哉は京香の唇を強引に奪い、甘く翻弄する。「今すぐ京香が欲しい」――激しい独占欲を滲ませて迫ってくる彼に、京香は陥落寸前で…。

ISBN 978-4-8137-1332-6／定価715円（本体650円＋税10%）

『冷厳な不動産王の契約激愛婚【極上四天王シリーズ】』 佐倉伊織《さくらいおり》・著

大手不動産会社に勤める里沙は、御曹司で若き不動産王と呼び声が高い総司にプロポーズされ、電撃結婚する。実はふたりの目的は現社長を失脚させること。復讐目的の仮面夫婦のはずが、いつしか総司は里沙に独占欲を抱き、激愛を刻み付けてきて…!? 極上御曹司に溺愛を注がれる、四天王シリーズ第一弾!

ISBN 978-4-8137-1329-6／定価726円（本体660円＋税10%）

『天敵御曹司は政略妻を滾る本能で愛し貫く』 春田《はるた》モカ・著

産まれる前から許嫁だった外科医で御曹司の優弦と結婚することになった世莉。求められているのは優秀な子供を産むことだが、あることから彼の父親へ恨みを抱えており優弦に対しても心を開かないと決めていた。ところが、嫁いだ初日から彼に一途な愛をとめどなく注がれ、抗うことができなくて…!?

ISBN 978-4-8137-1333-3／定価726円（本体660円＋税10%）

『孤高の脳外科医は初恋妻をこの手に堕とす～契約離婚するはずが、容赦なく愛されました～』 水守恵蓮《みずもりえれん》・著

看護師の霞は、彼氏に浮気され傷心中。事情を知った天才脳外科医・霧生に期間限定の契約結婚を提案される。快適に同居生活を送るもひょんなことから彼の秘密を知ってしまい…!?「君には一生僕についてきてもらう」――まさかの結婚無期限延長宣言! 円満離婚するはずが、彼の求愛から逃げられなくて…。

ISBN 978-4-8137-1330-2／定価737円（本体670円＋税10%）